N e u e   B ü h n e 30

ドイツ現代戯曲選⑪
N e u e B ü h n e

# Nietzsche Trilogie

Einar Schleef

Ronsosha

# ニーチェ 三部作

アイナー・シュレーフ

平田栄一朗［訳］

ドイツ現代戯曲選 11

Neue Bühne

論創社

編集委員◉池田信雄／谷川道子／寺尾格／初見基／平田栄一朗

Nietzsche Trilogie
by Einar Schleef



This translation was sponsored by Goethe-Institut.

GOETHE-INSTITUT

「ドイツ現代戯曲選 30」の刊行はゲーテ・インスティトゥートの助成を受けています。

Photo on board: (photo ©Research/pps)

g. Lustspiel ¶ Igor Bauersima norway.today ¶ Fritz Kater zeit zu lieben zeit zu sterben ¶ Elfriede Jelinek Macht nichts ¶ Peter Handke Die Stunde, da wir nichts voneinander wußten ¶ Einar
Die Alphabeten ¶ Franz Xaver Kroetz Der Drang ¶ John von Düffel Balkonszenen ¶ Heiner Müller Der Auftrag ¶ Herbert Achternbusch Der Stiefel und sein Socken ¶ Volker Braun Iphig-
erg-Variationen ¶ Dea Loher Tätowierung ¶ Thomas Bernhard Heldenplatz ¶ Elfriede Jelinek Raststätte oder Sie machens alle ¶ Rainer Werner Fassbinder Der Müll, die Stadt und der Tod

# 目次

Nietzsche Trilogie

ニーチェ　三部作

登場人物

母

娘

# 息子★1

# 第一部

## ありきたりな晩

ピアノ、椅子、浴槽が舞台上におかれている。

**母**　フリッツ、寝てるのかい？　灯りをつけてあげよう。まだ頭痛がするの、寝ているの？　灯りをつければ、なにかを読んであげることもできるわ。汗をかいているのかい？　ランプに布をかぶせるよ。聞こえているね。あとでお風呂の用意をしよう。今日は気分がいいんだね。部屋を新しく塗り替えたのがにおいでわかるだろう。十一月にはどこでも部屋の模様替えをするの。フリッツ、気分はいいんだね？　もっと暖房をきかせなきゃ。大家さんが引っ越したもんで、足下がこんなに冷えるのよ。フリッツ、寝てるのかい？　なにか読んであげたいのだけど。もう自分で本を持てるのかしら？　手を伸ばしてごらん。指に力が戻ってきたね。わかってたわ。回復したんだよ。あとで妹が私の手伝いをしてくれる。お湯を沸かしてるところだからね。ちょっと待って、灯りをつけるから。目の痛みはもうないんだね。おまえはいつも失明するんじゃないかって怯えてた。でも数字は私よりもおまえのほうがよく読める。手をそんなに動かさないの。散歩に出たほうがいいかもしれないね。前は毎晩散歩したもんだ。おまえが毎晩いらいらしたものだから。覚えてるかい？　ちゃんとおめかしして出かけたわ。おまえは大声で叫びだした。そのたびに私は恥ずかしい思いをし、おまえが私と話をするように仕向けたわ。難儀だったよ、おまえのコートの襟を引っ張りどおしだった。あのダークグレイのコートだよ。あれはまだ玄関に掛けてある。また外出できるようになれたらいいね。私はおまえのコートの襟を引っ張り、おまえは頭を垂れ、私はおまえの耳にそっと話しかけていた。灯りをつけようか？　あとでお風呂の用意をしなくちゃいけない。暗かったらお湯を運んでこれるからね。聞いてるのかい、フリッツ。またこんなに動き回るなんて、思いもよらなかった。もう年をとりすぎたんだよ。ずっとそう思っていた。目を開けてごらん。私の手を握ってみなさい。なにか読んで聞かせるたびに、おまえは額を手でこすっていたものだ。そばに座ってあげようね。灯りをつければ、おまえの様子がわかるんだけど。随分よくなったんだよ。でもね、お医者さんはおまえの容態を心配して、私に言ったんだよ。「どうかご子息のために頑張ってください」って。おまえの妹が家の切り盛りをしてるのは聞いてるね。落ち着く間なんてあるもんかね。灯りをつけたほうがいいと思うんだけど。おまえたちが仲直りするまで、随分長くかかったね。ありがたいことだ。妹がいてくれて大助かりさ。あの子はもう私を見捨てたりはしない。おまえたちはもう私を見捨てはしない。妹が下の階におまえの部屋をこしらえてくれてるよ。書棚はみんな安く手に入った。壁も天井もすべて塗り直したんだよ。おまえは感じやすい子供だった。起きあがるんなら、部屋を見せてあげよう。もうすぐ暗くなるからね。わかってるよ、もっと暗くならなきゃだめなんだね。新しく黒いカーテンを掛けたのよ。私は濃い緑のほうがよかったんだけど、妹がなにかにつけて慎重でね。私は立つけどいいかい？　以前はいらいらと落ち着かなかったのはおまえだったけど、今じゃおまえの年老いた母さんの方がそうなっちゃったよ。おまえは社交好きで、どんなに客が来ても足りることがなかった。今では箱型アコーディオンは壊れたままだ。ランプに布をかぶせるよ。今朝おまえは床を踏み鳴らして私を呼んだだろう？　私は階段を駆け上がった。今では二段とばしで上れるようになったよ。空は真っ赤だった。幸せな朝だった。あとでろうそくをもって家のなかを回るとき、おまえの部屋の扉の前で立ち止まって様子をうかがうことにするよ。昨晩はおまえの具合はよかった。これまでずっとひどかったものね。フリッツ。私の話を聴いているんだろうね？　私は靴底を張り替えさせたんだ。足音が小さくなるように。私が足を滑らすんじゃないかって妹は言ってる。どうだかね。私はいつも敏捷だったのよ。子供たちが広場で遊んでいるね。私がろうそくを何本使ったかわかる？　六十八本だよ。私はもともと倹約家だったのに。塗料の臭いがするだろう？　私の便箋にも塗料がついてる。よく手を洗ったんだけどね。ほら、髪の毛にも。布や頭巾をかぶっていたのに。フリッツ、寒いだろ？　とてもじめじめしてる。あとで湯につからないといけないね。晩の散歩をまた始めたほうがいいんだけど、今はそのことは考えないほうがいいわね。あとでいっしょに本を読みましょう。おまえが自分で本を持てるようになってくれたらねえ。灯りをつけてあげよう。私は待ってるんだよ。いっしょに食事をしないといけないからね。けれど下にはまだ何人か殿方たちが居残ってる。おまえが家に戻ってきて以来、とても慌しくなった。眠くないのかい。昔は子供たちはもっと早く床についたものだった。今年の夏は空気が乾いてた。素晴らしい秋だったけど、今じゃこんなに早く暗くなる。いろいろなことがだんだん難しくなってくる。そうだ、お湯を沸かしてるのを忘れるところだった。

母は急ぎ足で退場、そしてふたたび登場。

薪が湿ってる。今日はお湯が沸くまで長くかかりそうだ。普段だってそう早く沸くわけではないけど。毛布はいらないかい？　ときどきおまえのことがわからなくなるよ。家の外での生活にいったいどうしてあんなに長く耐えられたの？　私のなによりの願いは、おまえが結婚することだった。おまえもそれを約束してくれていたね。おまえはようやく帰ってきてくれたんだね。あとで妹が上ってきて、手伝ってくれる。でもおまえの服を脱がすのは私だよ。大家さんが引っ越してしまってから、私はなんでもひとりで切り盛りしなければならない。タオルはもう用意しといたから。私に座っていてほしいんだろ。容易じゃあないね。ペンキ屋さんたちにはたっぷり払ってあげたよ。彼らがお礼に帽子をとったとき、おまえは嬉しそうだったね。部屋のなかなんだからおまえに帽子をかぶせてあげることはできないんだよ。カラスは毎年戻ってくる。エルベ川まで戻ってくるのさ。子供たちが外で大声を上げているわ。日が照ってると、子供たちはみんな学校のある山へ上って遊ぶ。父さんのお墓はきれいになったわ。おまえが約束を忘れなかったのを、私は誇りに思うよ。あとでスープを飲まないかい？　せっかく蒔いた種をカラスが喰い尽くすのさ。本を読んで聞かせてあげよう。私も本を読むのは昔から好きなんだよ。ずっと昔からだよ。おまえが望めばの話だけどね。この部屋は本当にきれいになった。ペンキの臭いは嗅ごうとすると、臭わないんだ。臭いは服に染みついているのさ。私たちのなかじゃおまえがいちばん鼻が利く。若いペンキ屋さんがあやうく梯子ごと倒れそうになったとき、おまえは走り寄ったはいいけどかがみこんでしまった。どうしてあんなことをしたの？　ベッドカバーが汚れてしまったよ。ピアノにもペンキの飛沫が散った。あれからおまえは弾かなくなってしまった。ろうそくを灯してあげようか？　そうじゃなきゃ何も見えないだろう。私はこのピアノ用のパート譜を売ってしまいたかった。怒らないでおくれよ。けっきょく売りはしなかったし、これからも決して売ったりはしないよ。おまえの偉大なお友だちがこの楽譜で指揮したんだから。お友だちの語り口がどんなに機知に富むものかって、おまえはしつこいくらい語ってくれた。楽譜はあとで下へ持っていってあくよ。ここではすぐに埃まみれになってしまう。お湯がもう沸いているかもしれない。

母は退場するが、すぐに戻ってくる。

殿方たちはまだいるよ。おまえの妹は手がふさがってる。あんなことしなくたってなんとかやっていけるだろうけど、あの子はおまえに負い目を感じているのよ。私はおまえたち二人を本当に誇らしく思うよ。でもなによりも嬉しいのは、ペンキ屋さんたちの仕事が終わったことだわ。おまえたちの父さんがまだ生きていたころは、職人を入れる余裕なんかなかった。父さんがしょっちゅう家を空けていたから、とおまえは言いたいんだろ？　おまえはいつも質素に暮らしていたね。たぶんおまえにはここの空気が合わないのかもしれない。私はそれがいつも心配だったけど、いまじゃおまえもここに馴染んでくれた。でもそのために払った犠牲は大きすぎたかもしれない。私は嬉しいけど、まったく見捨てられた気持ちよ。おまえが私のそばで、笑ってくれさえしたらね。私はこれまでとってもさびしかった。わかるだろう？　毎晩部屋じゅうを歩きまわって窓際に立ちつくしたものだった。でも泣かなかった、いつフリッツは戻ってくるのかとばかり考えていた。殿方たちはまだ仕事中。よりによってなぜ今日仕事をしなくちゃいけないのかね。体を洗うのは一時間で済むんだけどねえ。子供には清潔を保つ習慣をつけさせなくてはいけないからね。新しい靴のせいで足が痛いよ。靴が縮んだような感じがするの。足がむくんだせいかしら。どこもかしこもきついんだよ。ようやく暗闇に目が慣れてきた。雷雨が来ると、私たちは階下のホールに集まったものだ。おまえはピアノを弾いてくれたね。父さんはそれを一種の挑発だととってらした。私はあえて口を差し挟まなかった。ほんとに罰が当たったら。でも私たちはそんな目に会わずにすんだ。子供たちがあんな大声をあげないでくれるといいのだけれど。おまえはなにも感じないのかい？　地震がきてもおまえは平静さを失わない、その後の方がかえってぐっすり眠ってる。子供たちの泣き声なんて聞きたくないわ。声が甲高すぎる。まあ、雪が降れば、すべてはましになるんだけど。ドアがまだベトベトしてる。ペンキ屋さんたちはほんとによく仕事をしてくれた。昔のままの家はいやだったのよ。殿方たちが帰ったら、妹が呼び鈴を鳴らしてくれる。それまで私は下へ降りてはいけないそうだよ。おまえより先に私が新しい内装を見るのはあの子が嫌なんだってさ。おまえに真っ先に階下の部屋の敷居をまたいでもらいたいのだそうよ。気分はどう？　下に降りてかなくていいから嬉しいよ。今私たちはこうして上にいる。おまえのところに座っているあいだに、お湯が沸く。ひょっとしたらもうちょっと待ってなくてはいけないかもね。でもそれは今日だけ。階下にも小さな台所をしつらえるからね。そうなれば妹が私の仕事を引き継ぐことになる。椅子に座ってもっと楽にしないかい？　椅子をもう一脚もってくるよ。陽は四時すぎにはもう沈んでしまう。ここかしこに明かりが灯ってきた。窓ガラスはきれいでしょ。私が自分で梯子に登ったのよ。呼び鈴が鳴ってる。フリッツ、下へ降りて様子を見てくるよ。殿方たちは今朝は七時にもう来てたんだよ。おまえ気づかなかったかい、おまえが窓際に立っているもんだから、郵便配達がすっかり怖気づいてた。前はおまえ庭先まで出たものだった。でも今はもうそんなことしないでおくれ。この土地の人たちが何を考えるかしれないからね。私たちはもう遠くへは行けないんだから。ここの暮らしも悪くはないだろう。フリッツ、おまえのスリッパどこにいったの？　私たち本当にここにずっと居つづけるのだろうか？　だれかがおまえのそばについていなくちゃいけない。手紙の口述筆記をしてあげようか？　どうしてもうしないのかね、おまえの代筆なら喜んでするのに？　おまえはいつも皆から尊敬されてきた。最近じゃおまえの姿を見かけるのが怖いってさ。わからなくもないわ。だからこそ母さんと妹がおまえについてるのよ。私たちは何も求めない。私たちに対するおまえの態度はいつも正しかった。おまえはいつも私を愛してくれた。妹は長いこと遠くへ行ってたけど、今は戻ってきてくれた。★2 あの子に腹をたてちゃいけないよ。以前この家で私たちは一つだったけれど、今また一つになれたのよ。覚えているかい？　父さんといっしょに古い修道院跡に出かけたときのことを。あそこは当時はまだ手入れが行き届いていた。父さん★3は地下の聖堂でお説教をなさった。農夫たちはみなこぎれいな服を着てきていた。私は決して諦めずに、いつも希望をもちつづけてきた。そろそろ水が温まってきたころね。
おまえに肩を貸してあげれば階段まで行けるね。殿方たちが帰るとき、おまえも簡単な挨拶をしたらいい。何人か新顔の人もいる。みな基本的にはおまえの友だちばかりだ。一度尋ねてあげようか？

　母は椅子から立ち上がり舞台から退場するが、しばらくして戻ってくる。

まだ作業してるよ。妹がコーヒーをいれたところだ。香りがするだろう、一杯につきスプーン三杯。おまえは何事に対しても距離をおいてきた。それは賢明だった。でも、いい嫁を見つけてくれたらどんなによかったことか。私は心配なんだよ。これから先どうなることか。先々のことなんか考えちゃいけないんだろうね。父さんからも警告を聞かされた。でも自分は行く末を考え、罪を犯したんだった。戒めも本人にはあまり効かなかったんだね。おまえは別の道を歩んだ。父さんはそれを理解しようとしなかった。父さんは決して理解などしなかった。私たちは父さんにお墓をたててあげなくてはならなかった。私もそこに入ることになる。おまえも。けれど、まずはお風呂だわね。ここのベッドカバーはもう決してきれいにならない。組み合わせ文字も落ちてしまった。私は子供のころ暗い家のなかで育った。私たち女の子にも教会の鐘をつく仕事があった。あるとき男の子たちが鐘つきの綱にぶら下がった。私たちは鐘楼の鍵をかけて男の子たちを閉じ込めた。そうしたら案の定あとでさんざん撲たれた。先週も栗の実が落ちて屋根を激しく打つので、私はそのたびに目覚めて、おまえが呼んでいるのかと思った。雨樋はきっと栗の実だらけだよ。だれかに掃除してもらわないと。そのうちみなでいっしょに南の国へ出かけようよ。遠からぬうちにさ。いっしょに旅に出よう。私はおまえの足跡をたどりたい。すべてがまた私のこの手のなかに戻ってきた、と思わないかい？　私はね、これからおまえといっしょに腰を下ろす部屋や、いっしょに歩く道や、眼下にみえる海辺の岩から、そしてありとあらゆるところから私といっしょにいるおまえの思い出を取っておきたいんだよ。吐く息や湿気で曇った窓ガラスを拭かなくちゃ。まだ臭気がついたままだ。私がここへ来てきれいにしてあげないとね。それが私の義務だと思ってるの。おまえの妹も同じ義務感に駆られている。おまえに迷惑をかけるわけじゃない。おまえは肖像画を描いてもらったときとてもおとなしく座っていたね。写真も撮ってもらったね。おまえがどのような姿をしているか人様に知ってもらわなくてはいけないからね。おまえの作品のはんこになるのよ。お湯が沸いてるんなら、私がここにいる必要はないんだけどねえ。妹は殿方たちを駅までお連れするのかもしれない。だとしたら私たちはもう少し待たなくてはならない。少しずつ明るくなってきた。月が動いたね。昨日は暈《かさ》がかかっていた。月は夜もうこれ以上高くは上らない。満月の夜私は落ち着かないの。旅に出よう。きっとだよ。私にはほとんど理解できない。おまえがこんなに長いこと病気だったのに、だれもそれに気づかなかったなんて。私にはわかっていた。父さんは気づいていたけど、妹は知るのがいやだったんだ。私たちは病気だよ。今はおまえにもそう言っとく。おまえたちは私の子供なんだ。おまえたちの一歩一歩が私には嬉しいんだよ。幼くして二人の子供を亡くしたんだった。あとで本を読もうね。本をおまえの手にちゃんと持たせるからね。おまえがほんのちょっと気をつければいいようにしてあげるから。おまえの目は悪くなんかないよ。あんまり本ばかり読んでると目が見えなくなるよと、皆がおまえに言ったものだ。おまえは失明なんかしなかったよね？ 前より口数が少なくなったね。かつては私も人間が嫌いじゃなかった。でもいまはこの家が本当に耐えられない。おまえはばかげた考えを好きなだけ話していられるけど、私はやもめの娘を家に抱えているんだよ。男というのは気楽なもんだ。たらいの準備はできたけど、お湯がまだだ。背中を乾いた布で拭いてあげよう。膝はまだ痛むのかい？ 通りの向こう側じゃ灯りが灯っている。煌々と輝いているよ。子供たちはまだ通りにいる。マッチを持ってたのを忘れてた。湿気ってる。ずっと手に握りっぱなしだったからかねえ。ちょっと階下の様子を見に行ってくるからね。おまえをこの家に戻してくださったことで、私は神さまに感謝してる。もうおまえを他人の手には渡さないよ。ペンキ屋さんたちは毎晩引き上げるときに歌をうたってたっけ。おまえはあらゆる苦労をひとりで背負ってきたんだね。汚い牛小屋から逃げ出して、きれいな風が吹き通う場所を求めた。そして私たちはまた一緒だ。それもこうして身を寄せ合ってね。雷雨は来ないよ。十一月に来るもんかね。春は洪水だ。洪水には慣れてる。灯りをつけよう。それには新しいマッチがいる。おまえの妹に持ってきてもらおう。おまえのためだもの、持ってきてくれるよ。私だって一人でお湯くらい取りにいけるさ。いいかい、この数日を活用しないといけないよ。いったい私たちに何が残ったろう？　取り巻きには不足しないけれど、信じられるものはない。おまえは弟子を探し求めた。妹がここにいてくれるじゃないか。おまえの年老いた母さんもね。おまえが起き上がりさえすれば、窓まではたったの二歩なんだけれどね。私は目が痛い。予備のマッチはピアノの上だ。今晩ピアノを弾いてくれないかね？　ひょっとしたら私は博愛の精神から口をつぐんだほうがいいのかもしれないね。おまえはすべての物事から遠ざかってしまった。でもここでならしゃべっていいんだよ。話しておくれよ。気を楽にするのがいちばんだよ。話しておくれね。私にはおまえの話は理解できないかもしれないけどさ。それとも殿方たちをここに呼んでこようか。でもそうしないほうがいいのかもしれない。私たちは来客への備えができてないからね。でも来週になったら。世間はおまえに不安をいだかざるをえない。それはね、来るべき時代がおまえの上によって立つことになるからだよ。おまえのどこにだろうね、フリッツ？　おまえが世界じゅうを放浪したことの上。おまえが何もかもをめちゃくちゃにしたことの上にさ。私の言うこと、ちゃんとわかってるわね。灯りをつけよう。

母親はマッチを探して、ゆっくりとランプに火を灯す。

これでましになった。明るくなりすぎないようにするわね。まぶしいから。ミルクスープとグラハムパンをおあがり。灯りのもとだとおまえは見栄えがするね。やっぱり殿方たちをここに呼んでこようか。おまえが決めておくれ。でもまずお湯につからなくちゃならなかったね。おまえも目が痛むのかい？　だんだんと馴れていくようにしなくちゃ。おとなしく座っていると、元気が湧いてくるよ。私たちはずっとここにいたほうがいいのかもしれない。妹はそう望んでいるけど、騒動が持ち上がってしまうのが問題なのよ。おまえの身の回りでそうなるのは、ごめんだよ。私がここで長尻をしていると、お湯が冷めてしまう。おまえが私の家にいてくれるんで、ほんとに安心だよ。もう二度とここから逃げないでおくれ。

目を覚ましてなきゃいけないよ。寝てはだめ。私の近くにいるのよ。手を握っていてちょうだい。私が転ばないように。子供たちを前にひるまないようにしなきゃ。たらいが持てるといいんだけど。私が死んでいなくなったら、どうなるんだろう。

娘がやってくる。

**娘**　闇のなかに座ってるのね。愛しい病人さん。母さん、灯りをつけてよ。灯りよ。目をやられたくないの。私ようやく目覚めたの。この惨めさのなかでよ。フリッツ、フリッツ。私の生涯のすべて。だれか私のことを気にかけてくれた人なんかいたかしら？　かわいそうな幼いラーマ[★4]、ぼくの妹、って。私なんてなにものでもない。肩書きもない。ザクセンの牧師の娘。フリッツといっしょに暮らしてた。母さん。だからフリッツは一人前の男にならなかったんだわ。私はフリッツをベッドに引き入れた。何も起こらなかった。フリッツはまったくの不感症だった。私はしくじった。純粋な愛から。だから私はこれからも嘘をつきつづけなきゃならない。私たちは助け合おうって約束した。最後まで、って。でも私は逃げ出して、そして戻ってきた。不遇な哲学者の寡の妹になりたいなんて、だれが望むの。すべてを混乱に陥れた挙句に自分の足元まですくわれてしまう哲学者の妹に。あなたはすべてから目をそらした。だから私たちが後片付けをしなきゃならなかった。あなたは逃げた。父さんの死、あれは事故ではなかったのよ。

私は兄さんの後では、だれも求めなかった。神はそれを承知よ。兄さんと私。私たちは夜に家を抜け出した。月明かりを浴びた荷物を積んだ馬車。父さんの埋葬は三日前に終わった。あなたは父さんのことなどもう眼中になく、私たちはとにかく家を出なくてはいけなかった。私たちは別れを告げたけど、猫を連れてゆくことも許されなかった。ねえ、あなたが夜になると引きこもってしまうのはなぜ？　父さんのことがまだ気にかかってるの？　父さんが出て来て、あなたに向かって叫ぶの？　父さんが扉を叩くの？　父さんがなにかを語るのが聞こえるの？　僧服をまとい重い足取りで。あの湿った臭い。蛾とカビ。あの蜘蛛の巣とアイロンがけをした白い布。聖餐式の式服は私が手直ししなければならなかった。私たちはどんなに祈り乞うことでしょう。主なる神よ、あの方はどこにいかれたのです？　母さん、立ち上がって、膝を冷やすわよ。あなたは泣き言ばかり。でもあなたには義務があるのよ。醒めた頭で、子供をこしらえる人なんているもんですか。私たちは生きることもできない。この人を見て、私たちの思想家を。呼んじゃだめよ、あの人はいつも母さんになにか書いてよこすけど、そんなもん読まないのよ。きっとびっくりしてしまうわ。卒倒するほどじゃないにしても。フリッツ、たしかにこの装丁はすてき。父さんはあなたを杖で撲った後に叫んでいたわ。あなたも父さんと同じように暴れ狂えばよかったのよ。あなたの鉄拳に打たれれば、私たちも生き返っていたと思う。でもあなたは両手を組み合わせて祈っていた。あなたは不安なのね。私たちはあなたの子供。被造物。明るいところなら私たち行儀よくふるまう。どうしてこんなに長く私をじらせるの？　私を消耗させたいのね。あら、心臓病の患者さんが呻いている。お風呂の準備はできた。どうしてあなたこんなことを止めにして、私たちを楽にしてくれないの？　私たちは中庭で手をつないでた、荷を積んだ馬車の陰で。フリッツは私を見つめた。もう我が家を見ることはないって私たち覚悟した。猫は死んだ。フリッツは今もあの猫を探してる。猫をおびき寄せようとして鳴き声を上げる。落ちぶれた教授。男なんてものじゃなくて影にすぎない。美しい鉢でしょ。苦労して破片を貼り合わせる。下のじめじめした部屋で。木が臭い、私は整理し、集め、ひざまずき、見つける。そうやって私は兄を組み立てるの。最高にエレガントな男を。私の夫を。夫と私は寝る。私は抱きしめる。毎晩私たちは愛し合う。それなら彼にもできる。彼岸にいってしまった今なら。フリッツ、あなたは、私が夫のためにするはずだった介護を独り占めにしているのよ。私たちは戻ってくる。夫はあなたの懐に入り込みたがっている。でも私は夫を蹴飛ばしてやる。あなたには私は取り戻せない、私は生きたいのよ。お湯が沸いた。じゃあ湯浴みをしましょう。

娘はランプの芯を長くする。

私はいままで庭先で男の人たちと立ち話をしてたんだけど、建て替えはひとまず延期して、もっとお金をかけた解決策を考えたほうがいいみたい。私たち庭から見上げたけど、灯りはついていなかったわ。母さん、フリッツをピアノの前に座らせてあげればよかったのに。なぜ窓のところへ来なかったの。あの人たちに最後まで働いてもらうのは大変だわ。彼らは外に出たら寒がって、私の提案を受け入れるどころじゃないのよ。全然信用してないんだわ。彼らには私じゃ話にならないみたい。

母が椅子から立ち上がる。

娘は紳士物の上着の埃をブラシで落とす。上着は染色剤の不足ゆえに色褪せている。

娘は足音を忍ばせて先に立って進む。母が後につづく。フリッツはしばらくのあいだ舞台上でひとりになる。照明が弱まる。母がバケツをもってふたたび登場し、浴槽にお湯を入れ、また退場し、つぎのお湯をもってくる。退場している時間は長い。三回目には娘が二つのバケツを手に息を切らして母の後ろから登場、先に歩く母との距離はだんだん短くなる。浴槽の湯が満ちるにつれて、テンポは上がってくる。二人は一瞬、浴槽の前で立ち止まる。

**母**　今日は小さなタオルを使わなくちゃ。大きい方はまだ乾いてないから。

**娘**　いちばん悲惨なものを思い浮かべてみる。私の家族だわ。みんなでの夕飯。食べ物を噛んでやっとの思いで飲みくだす。へりくだり。謙虚さ。助け合い。祈り。でもそんなのはまだ取るに足りない。神にふさわしくあること。神が存在するなら、神は私にあんな理不尽を押しつけたのだ。薄暗い灯りのもとで干からびたパンの耳を砕き、うんざりし、身を切り刻まれ、ナプキンで口をぬぐうなんてことを。丸パンの湿った芯や赤いソーセージの切り身みたいな塊を引き裂くなんてことを。私はあなたたちを食べつくして、なにも後に残らないようにしてやりたい。私の兄さんていったいだれなの？

**母**　私を冷たい中庭の向こうへ抱いて行ってくれたときのことを思い出してちょうだい。母さんは私に新しい靴を買ってくれた。それを汚しちゃいけないって言われた。私はいつもあなたの手にすがっていた。あなたは私を押しのけたのよ。あなたは逃げることができた。でも私は。私はここに残った。

**娘**　おまえは私の手からすべてを奪い取るんだね。

それこそ私の望むところなのよ、母さん。

二人は病身の息子を支え、ゆっくりと浴槽へ運び、服を脱がせる。息子は大儀そうに、慎重に浴槽に入る。二人の手助けは控えめで、ときおりフリッツのたてる水音が聞こえる。彼は掌で湯面をたたき、頭を沈める。女たちは自分の顔にはねた水を袖でぬぐう。母は息子の背中を洗い、娘は両手を洗う。それから息子の両腕を固定させたまま頭を湯のなかに沈める。母は膝で息子の背中を押さえる。こうして頭を洗い終えると、お湯から顔を上げたフリッツは手足を伸ばし、しばらくのあいだ静かに横たわったままでいる。女たちは顔を見合わせると、娘は手をたたき、フリッツが立ち上がるように誘う。母は後ろから彼を支える。息子は浴槽から立ち上がると、二人は彼の体をタオルで拭く。娘が背中を、母が前側を受けもつ。母の手は息子の頭まで届かないので、フリッツに身を屈めさせる。二人はフリッツの体を乾かし、マッサージをし終えると、服を着せる。母は白い衣服をもってくる。フリッツは身震いをする。二人は服を着せ、息子をふたたび椅子のもとへ運ぶ。フリッツは座る。母は、息子の両手を落ち着かせようとする。母は息子の片方の腕を押して、その手が前へうなだれた頭を支えるようにする。もう片方の手は額を軽く叩くように仕向ける。母は息子の前にひざまずく。娘はその脇に立ち、タオルをたたむ。

**母**　殿方たちを待たせてはいけない。

**娘**　どのみちもう片づくわ。

娘はフリッツの手に本を渡してから退場。母は大儀そうに立ち上がり、ピアノに向かって座り、ふたを開け、パート楽譜を立てて、しばらく休む。やがてマッチを取り出し、ろうそくをつけ、ふたたび椅子に座る。フリッツは少しずつ目を覚まし、立ち上がり、前へ体を揺らす。しばらくすると手元から本が落ちる。フリッツの体はゆっくりと揺れ始めるが、立っていられるのかひっくり返ってしまうのか、なかなか見分けがつかない。揺らぐ動きはいっそう大きくなり、フリッツは踊り始める。やがてあるポーズで停止し、台詞を語り、ふたたび踊りだす。

**息子**　私は私の山から走り下りてきた、谷底から聞こえてきた助けを呼ぶ声にしたがって。その叫びは私に向かって、ここへ落ちてこい、私の両手を広げよと命じたが、叫び声の主は見えなかった。私は闇雲に走り下り、私を探して登ってくる者たちに出くわした。それがあなたたち、母さんと、妹だった。半ば力尽きかけていたが、希望はいだきつつ、あなたたちは私を抱きしめて言った、私たちを助けておくれ、私たちはどんなにかおまえを待ったことか、と。しかし助けを呼ぶ声がふたたび聞こえた。こだまが叫び返した。私は女たちから身を解き放ち、不幸な人びとを探し求めた。しかし私が出くわしたのは、私を探していた母と妹の新しい顔と影だった。私は彼女たちに私の洞窟へ行くように指示した。そこなら私の動物たちに守られて安全だ、だれも追ってこないと、私は言った。するとふたたび助けを呼ぶ声が聞こえた。私はいっそう慌てて走り、転び、血を流しながら谷底へ下りた。そこは空っぽで静まりかえっており、私の頭は混乱した。ふたたび助けを呼ぶ声が聞こえたが、今度は山の上からで、私はもはや耐えられなくなってきた。叫びは上の私の洞窟から発しているように思えたので、私は山道を猪突猛進の勢いで登った。イラクサや根をむしったので、山は道を空けてくれたが、私はなによりも声の主を助けねばならなかったのだ。やがて、母と妹が叫んでいるのだとわかった。二つの影が集まり、互いにしがみつき、叫んでいたのだった。助けを呼ぶ声の主はあなたたちだったのかと私は尋ねた。あなたたちは安全だ、私の動物たち、鷹やら蛇やらが守ってくれる。しかし女たちは私に安らぎを与えようとはしなかった。私は耳をふさいだ。母が私のもとへやってきて、おまえ、だれが叫んでいたかつきとめたのかと訊いた。妹は泣いて私に言った。あなたの奔走は徒労でなかったでしょうね、私たちも叫び声を聞いたのよ。あなたたちが叫んでいるのだ、叫んでいるのはあなたたちだ、叫び声があなたたちの普段の声でなかったから、私は聞き間違えたのだ、と私は言った。母と妹は私を見つめ、うなずき、沈黙した。しばらくして母がふたたび口を開いた。息子よ、いったい何を口走っているの。おまえは私たちのお祈りを邪魔しているんだよ。妹は、兄さん黙って、と諌めるように言った。妹が私の両手をとり、二人の影が私を横たわらせた。すると私の動物たちは洞窟の片隅に座った。動物たちを追い出さないでくれ、と私は言った。私の頭は後ろへ倒れた。あなたたちには苦悩の叫びが聞こえないのか、と私は尋ねた。すると母は黙ってと答えた。それから母が妹に、動物たちを追い払ってと小声で言ったのがわかった。このとき以来私は女たちの手中にある。あるとき私は女たちに面と向かって言った、これ以上ひどいことが私に起きたことはなかった、と。だれが叫んでいるんだ、いったいだれなんだ、と私は尋ねた。寝なさい、眠りなさい、と母は諌めるように言った。妹が私の手を握っていた。そして私は動物たちが死んでいたのに気づいた。彼らは私の胸に横たわっていた。母が動物たちを供物にするために裂いて分けた。妹は粘土をこねて、私の目の周りに塗りつけて言った。眠りなさい。私はゆっくりと燃え始めた。不幸な人びとを助けよという叫び声が、ふたたび谷底から聞こえてきた。

語り終えた息子があるポーズで静止すると、娘が静かな足取りで親しげに現れる。

**娘**　もうベッドへ急がないとね。

**母**　殿方たちにコーヒーを出してもいいかい？

**娘**　母さんは下に行っちゃだめ。殿方たちはちょうど帰るところよ。

動かずにじっとしているフリッツの手を娘はとり、ゆっくりと舞台脇へ連れて行く。二人が退場すると、母は顔を上げ、両手を動かし、指の一本一本をこすり、髪を後ろへ撫で、上体を起こし、ピアノを弾き始める。しばらくして演奏を中断し、曲の最初から弾き始める。やがてついに演奏を止めて、頭をうなだれ、こぶしで鍵盤を叩く。

第二部

# ナイフとフォーク

**妹**　諦めて。終わりにして。何にもならないんだから。フォークが一本足りないわ。ここのフォークが一本なくなってる。もう一度食器洗いから始めなくちゃいけない。妹であること。最後の花盛り。フォークが足りない。たしかに。私が数え間違えたはずがない。ぼんやり立ってないで。フォークが足りないのよ。燕尾服の教授博士、なぜいつも顕彰バッジをつけているんだろう？　カッタウェイ・シャツに燕尾服の取り合わせなんて。信じられない。だれが名前を取り違えたんだろう？　きっと母さんだ。そう思いたくないけれど、あなたね。なぜグラスが置き間違えてあるの？　グラスを動かさないで。大きなグラスの隣に小さいグラスでしょ。スプーンが斜めに置いてある、スプーンがみんな斜めに置いてあるじゃない。私、なぜいらいらしているんだろう？　このせいでいらいらするんだわ。フォークはどこへいったの？　おろしたての食器用フキンは折りたたむものじゃないわ。

フリッツ　母さんがドレスを着ようとしている。

妹　派手なまねは控えるようにって言ったのに。母さんは自分のためにお祝いをせずには気がすまないんだ。母さんは何度でもお祝いの席を設ける。それはまだ早すぎるのよ。あなたの調子が良くなっていることで私たちは十分幸せとしなきゃいけないの。それを世間に見せびらかす必要なんてないのよ。もう知れわたっているから。いいえ、母さんは自分の出番が必要なの。私はまともなドレスもないわ。あなたの面倒をみたのは、この私じゃないの。

フリッツ　母さんは赤いドレスを選んだよ。

妹　フォークが足りない。いったいどこから借りてこいっていうの。ナイフは一本もう取り換えたわ。ナイフはわざとぴかぴかに磨かなかった。かえってそのほうが、ニーチェ家にうけつがれた銀の食器にふさわしいもの。兄さん、エプロンで鼻をかまないの。

母　（登場）なんて素敵な晩餐のテーブルだこと。

娘　そのドレスを脱いで。

母　背中のファスナーを締めてくれる？　フリッツの指の方が器用だからね。

娘　そのドレスを脱いで。
母　ありがとう、フリッツ。
娘　私の言うことがわからないの。
母　ドレスを脱げって言うんでしょ。年のわりに耳はいいんだから。そういらいらするもんじゃないよ。私はこんなに幸せなんだからいいでしょ。
娘　黒のドレスを着て。
母　今日はおめでたい日よ。フリッツ、私がもしもう一度若返るならば、おまえとこの場で結婚するでしょうよ。背広は申し分なく恰好いい。最近またやせたのね。そのほうがとても似合うよ。
娘　そのドレス脱いでよ。そのドレスは着てもらいたくないの。
母　ちょっと不躾なものいいだね。このドレスはおまえが探して、私に無理やり押しつけたのよ。私があまりに若くみえるから、私たちは姉妹と思われてしまうでしょうね。
娘　それは百年前の話よ。さあ、ドレスを脱いで。
母　フリッツ、手伝ってちょうだい。どうして痛くするのよ。さっきはとても上手にしてくれたのに、フリッツ。

娘　邪魔しないでちょうだい、フォークが一本足りないのよ。

母　いったいだれが数え違えたのかしらねえ。

娘　身支度は終わったの？

母　殿方たちが仕事を片付けて上がってきたら、私はすぐに下へ降りて行けるわよ。もう一度髪の毛をとかすことにしよう。

娘　母さんは部屋を出て、服を着替えて、それからここへ戻って、呼ばれるまでここで待ってて。お客は私がお迎えをするから。

母　フォークはどこでなくしたんだろう？

フリッツ　塩の容れ物がとてもいい。どの米粒も。[★5]

母　フリッツちゃん、大学の授業と同じように十五分遅れを守らなくちゃね。私がフォークを見つける。

娘　ドレスを脱いでね。

母　（退場しながら）フォークが足りないだなんて。

娘　母さんはもう階段を上ってこないって、あなたにもわかるでしょうよ。母さんは手助けしてもらいたくないの。テーブルの隅は勲章をつけた人の席だって、母さんは言ってる。その椅子はずらさないで。そうじゃないとお客たちが衝突してしまう。みんな最近はお互いが我慢できなくなってきてる。そうなったらあなたのせいよ。母さんが階下で忙しそうにしてるのが聞こえるでしょう。ほら、つんのめってひざまずいた。ナプキンは少し違ったふうに置きたいわね。兄さん、ナプキンの置き方は習わなかったの。寄宿学校ではなんでも習うって母さんは言っていたわ。みんなが上がりおわるまで、あの人下の玄関で待ってるつもりよ。でもあの人が私に何か指示しようとしても無駄よ。ほら、母さんお盆を落とした。いや、落としたんじゃなかった、お盆を階段の三段分高いところに置いたのよ。扉を開けて、愕かせてやろうかしら。フリッツ、ネーム・カードの置き方を間違えているわよ。もうなんにも触らないで。ほら、あの人は四つんばいになって階段を一段一段上ってきてる。座って、頭を支えなさいよ。頭が重すぎるんなら。お客がやって来るまで、あなた少し後で横になるといいわ。お客は新しく油を塗ったこの床を汚すんだわ。どこもかしこも足跡だらけになる。母さんは靴の泥落としが嫌いなのよ。

**フリッツ**　だれが隣りに座るか楽しみにしてるんだろう。

**娘**　だれもが私たちの肉の最後の一切れをかっさらおうとするんだわ。お客たちが座る様子ときたらまるで黒い棺桶が並んでるみたいで、そこからぐらつく丸屋根がのぞいてるかのよう。おろしたてのナプキンは、グルメたちが唾を吐くので汚されるし、不平たらたら一かじりごとに食らいついて、最後に残るのは食べ尽くされた食卓ってわけ。私も罪深いわね。ほら母さん階段の最上段まできた。私はこの部屋から出ていけない。出てったら最後に残ったグラスに躓いてしまうわ。三十七個ものグラスが粉々になった。母さんは木くずをつめた箱もちゃんと開けられないんだから。そこまで来ちゃったのよ、私たち。

**母**　(フォークをもって登場)殿方たちは十五分遅れの習慣を守ってくれるかしら。これは下のテーブルにあったよ。おまえがわざわざあそこに置いたっていうじゃないか。

**娘**　私たちの気を狂わせたいの。母さん、着替えてよ。

**母**　このドレス私に似合ってるかしら、フリッツ。私のお気に入りのナイフはどこ。このナイフはここに置くのがふさわしい。フリッツはこのナイフを借りるのが大好きなのよね。

**フリッツ**　米粒をきちんと数えたかい。母さんがお気に入りのナイフを使いなよ。

**娘**　母さん、私たちもう着替えましょう。

**母**　私が若くみえるのが嫌なんだろう。

**娘**　違いますよ、お若いお母様。

**母**　（退場しながら）私はいつもぼろ着を着けてればいいというんだね。――それでフリッツの昂奮が収まるのなら仕方がないけれど。

**娘**　あなたあとでベッドで横になりなさい。でも毛布をかぶっちゃダメよ。ズボンがしわくちゃになるから。靴の下にあらかじめこの赤いゴムシート★6を敷いておいて。これまでのシートはもういらないわよ。あれを窓から投げ捨てたくてたまらないわ。

**フリッツ**　あらかじめ火をつけてくれ。

**娘**　指に火傷をしないですむならね。

**フリッツ**　そしたら花火になるぞ。

**娘**　花火を見ていいくらいは働いたわよね。どうして首を横に振るの？

**フリッツ**　ぼくらは毎朝シーツを見させられたよな。

**娘**　あなたたちの数々の罪はもう許されているわ。シーツに付いた黒い靴クリームの染みが取れないのよ。靴を脱いではだめ。かがまないで。（母が青いドレスで登場）ブラシをかけて。壁の汚れは落としてくれた？（母が退場）あの人の指曲がらないの。あの指じゃもうなにも持てないわね。いつも怒鳴ってなくちゃならない。あの人は養老院へ行くべきよ。あなたのパトロンの婦人ならあの人が養老院で暮らす手はずを整えてくれるわ。ねえ、頼んでみてよ。この家にあの人を置いておくことはできない。あの人は殿方たちを待ち伏せしている。自分は不幸で相応の尊敬を受けていないのを証明する機会を伺ってるの。なにもかも不十分だとか言ってね。でも気にしなくていいわよ。私は猫の手も借りたいくらい大変。あなたたちを手とり足とり支えなくてはいけなかったから、子供を持つのを諦めたのよ。嘆くことばかり。これが現実。今度は、あの人紺色のドレスを着てみせる。背中がほつれてるのに。浮かれて鼻歌ばかり。あなたがドレスとても気に入ったと思っているからよ。私は忙しくてあの人のクローゼットをいまだ整理してあげられない。この一年であの人は恐ろしいほどに老けてしまった。

**フリッツ** 太ったんだよ。

**母** （登場）ブラシをかけてよ。

**娘** 手がふさがってるわ。フリッツ。

**フリッツ** ぼくがやると痛いよ。

**母**　着たままでいいわ。ひっぱりすぎだよ。

**娘**　私はなにも言いません。

**母**　なんだかひどくそわそわするねえ。フリッツ、遠慮なくブラシを強くかけて。あら、でもそれは私のストッキング留めよ。膝の裏をつねらないでね。

**娘**　ホックがとれてるわ。

**母**　それならピンで留め合わせといてよ。

**娘**　ピンで留め合わせる？　頭がおかしいんじゃないの。ピンで留め合わせるですって。

**母**　ほかにはもう着られるものがないんだよ。

**娘**　なにも食べちゃだめよ。

**母**　自分の夕飯くらいは食べるよ。フリッツの席がまん中じゃないよ。フリッツ、おまえは絶対にまん中に座らないといけないよ。すぐに着替えてこよう。私は年をとった。太った。おまえの言うとおりなら、私の背中はまるまるしてる。おまえだってふっくらしてきたじゃないか。

**娘**　いい加減にしてよ。

**母**　（退場しながら）またお決まりの場面だね。

**娘**　どうしてあんなに意気揚々としていられるんだろう。

**フリッツ**　お座り、ラーマ[★7]。お座りよ。

**娘**　私を撫でないで。噛むわよ。もうそういうことには慣れてないの。

**フリッツ**　ぼくが君にやさしいのに慣れていないのだろう。どの米粒もやさしいよ。

**娘**　自分がやさしくなれるってことに、慣れてないの。

**フリッツ**　聖なるお歴々が現れ、席に着き、寄進のお香を授けてくれ、ランプ笠の下の無意味な蠅をとろうとして全身を脱臼する前に……。

**娘**　ネーム・カードの置き方が間違っている。フリッツ、めちゃくちゃにしないで。お客たちは来たくないんだけど、あらゆる後ろめたさや劣等感や良心の呵責があるから来ようとしてる。ここに来て晩餐をとらざるをえないのよ。みな自分の席が決まってるの。

**フリッツ**　ぼくは端がいい。

**娘**　指定席だっていったでしょ。端の席は私が座るのよ。

**フリッツ**　準備は終わったの？

**娘**　あの人には養老院行きがふさわしいのよ。

フリッツ　客たちは夜会服を腿の上までたくし上げる。壁を塗り直したばかりの家では寒い思いをするはずだ。咳き込むかな。ナプキンを隠してしまおう。みんな咳をする。ハンカチの刺繍文字には血痰が付く。血だ。君は眠そうだ。寝てるね。

娘　ああ、神様が私の願いを聴き入れてくださった。

フリッツ　線路脇の土手のところでぼくを待っててくれ。聖なるお歴々を乗せた列車が通りすぎるまで、あそこに隠れていよう。君は怪我をしてるね。連中の夜会服はいっそう赤くなるぞ。まだなにも飲んではいけない。母さんに知られてみろ。

娘　他の人たちはおしゃべりをしてるようね。

フリッツ　聖なる方のお望みとあれば。

娘　あの大小の男たちに打ち勝たないと。あなたが私のもとを離れずにいてくれさえすれば。もし私が病気になったら。

フリッツ　呼び鈴だ。

娘　私、熱があるのかしら。

フリッツ　巨大なみこしが担がれてゆく。ソロモンがその前で踊る。

娘　王様はあなた。ここにあなたの手と、足がある。あなたは裸で踊りながら、みこしの前に立つ。

**フリッツ**　コロシアムがわれわれを受け入れる。裸のまま。

**母**　（登場）下は灯りがついていなかったよ。

**娘**　黒のドレスを着てね。

**母**　黒は似合わないってフリッツが言うから。

**フリッツ**　裸だ。

**母**　フリッツ、今日はあなたのお祝いよ。

**フリッツ**　母さんは本当に調子がよくないんだね。

**母**　（退場しながら鼻歌をうたう）五月来たりて、木々が萌える[★8]……。

**フリッツ**　眠そうだね。

**娘**　少し寝るわ。この日が来るのをどれだけ待ち望んだことか。あなたは健康。私たちは病気ではない。病気持ちの両親はいない。フリッツ、私たちは生きているのよ。あなたはふたたび仕事にとりかかり、私が以前のように手助けをする。

**フリッツ**　君の仕事はぞんざいだ。糊付けが間違っている。礼服はどの折り目にも独自の意味があるのに。

**娘** 単語の綴り方なら私だれにも負けないわよ。

**フリッツ** いい加減にその皿を床に落としちまえよ。寝ろって。母さんのお気に入りのナイフどこへ隠したんだ。ぼくらが子供のころ、あのナイフは父さんのナイフだった。

**娘** 母さんは呆けてしまった。家ではうすのろのようにしゃがみ込むのに、外では気丈ぶって他人の仕事を手伝いたがる。家では階段だって這ってしか上れない。

**フリッツ** あの人、本当に丸々と太ったね。われわれの老いたる善良なアザラシだ。運命に抵抗してるんだよ。かわいい子供たちに餌を与えるために。

（退場しながら）ベッドの用意をしてくるわね。

**娘** （数脚のグラスを手に登場）ベッドにゴムシートをちゃんと敷いておきなさい。お願いよ。

**母** 私は達者だよ。フリッツ。どのグラスにもひびは入ってないでしょ。どうして席順が変わってるの？　隅にはいつも勲章の客が座るのに。顕彰バッジの客も同じように隅に。燕尾服の隣りに燕尾服じゃ似合わない。ここはひげを生やしたお客が二人だわ。十戒の第一の戒めなら知ってる。私は罪を犯してしまった。まだ時間はあるかしら。あの子はなんにでも手を出したがる。私はどこに座ろう。あの子がまん中に座るなんてだめ。あの子にはテーブルの末席に座ってもらおう。勲章をつけた客たちの右側に。

背後にドアが来る、部屋全体を見渡せる席に。[★9] あの子は今、私に階下へ行けっていうつもりだね。私に出迎えをさせて、最後に席に着けっていうんだろう。エルヒェン・シュメルヒェン。こうやっておまえの手をずっと握っていられたらね。[★10] ここに座るのは白髪のお客さんばかりだね。まさに牢獄の一角だ。若い人たちは左側だ。ときには思い出や嘘の味のしない、善良な顔だけを見ていたいもんだ。誠実さを。なんて美しく照り返してくることか。父さんは、堅信礼を受ける子供たちが口を開け、聖餅とワインを授けるとき、いつも感動していた。男の子や女の子の髪の毛を撫でてあげることもあった。子供たちの前にひざまずきかねないほどだった。父さんはいつもへとへとになって帰ってきた。堅信の授業の後のことよ。病院へは口笛を鳴らしながら出かけて行った。あの哀れなお婆さんたちのところへ。父さんは最上階に入院しているお婆さんの物真似をした。「牧師さん、看護師のアウグスタが約束してくれたんだよう。」父さんはお笑いになった。病院じゅうで笑いがおこった。クリスマス恒例のキリスト生誕の人形芝居には、私はおまえたちを必ず着飾ってあげたものだった。収穫祭は唯一の楽しみだった。私が祭壇を飾ってもいいことになっていたから。教会じゅうにいい香りが立ちこめていた。日に焼け頬骨が突き出て怒ったような顔の男たちがひざまずいているなかを、私はおまえを腕に抱え、おまえの妹をスカートにつかまらせて通り抜けなければならなかった。するとあの強情な農夫たちが帽子や古臭いシルクハットを懐に抱え、私たちに会釈したんだよ。

**フリッツ** 熟したイチジクは枝から落ち、赤い皮が破れる。

**母** 可笑しかったのは、農夫がフロックコートとシルクハットを身につけていたことさ。案山子の行進じゃないか。彼らのかたくなな女房たちは胸当ての奥に巨大な乳房を覗かせていた。

**フリッツ** 母さんは一度も学校に通ったことがなかったね。

**母** 女房たちの髪の結び目も胸のとじ目も安っぽい飾りだらけだった。みんなプロテスタントさ。あの連中が思い上がりを教会にもちこむ。おまえの父さんが私になにもかも教えてくれたのよ、フリッツ。クリスマスには農民たちが重い布をまとってやってくるので、教会じゅうに家畜の糞の臭いが立ちこめた。私は牛乳が飲めなくなった。それほどひどかったのよ。何度おがくずを撒こうとしたことか。でも、父さんがそれを許さなかった。あの人は、教会を少しでも居心地良くしようと私が試みるのをすべて禁じた。聖マウリチウスの像。聖人は両腕を切り落とされた。私はあの像をいつも最初に磨いたものだった。聖マウリチウスの像ほど気に入ったものはほかになかった。父さんのところへいっしょに行ったことがあったわね。父さんは自分の教会に埋葬されている。おまえはスイスからやってきた。私の教授先生。おまえは墓前に立ち、私が雑草をむしるのを許さなかった。もう身をかがめてはいけない、と。おまえのベッドの用意ができたようだよ。あの娘はすべての面倒をみてくれる。勤勉な子だ。おまえがああいう嫁をもらわなかったのが残念だよ。あらかじめ十分ほど眠っておくといいよ。そうすればおまえはずっと見栄えがよくなるよ。私たちはお客を待つことにしよう。嬉しいだろう。おまえはもう長いあいだ家族と食事をしたことがなかったからね。いつかそうしたいと願ってた。今は死ぬことは考えない。おまえの妹が私をまだ必要としているしね。私はまだお払い箱じゃない。主がそうおぼしめしたのさ。さあ、お眠り。

**娘**　（登場）ベッドの用意ができたわ。

フリッツ退場。

母　ホックを留めておくれ。
娘　かがんでよ。
母　どこもかしこもおしろいだらけだね。
娘　自分でブラシをかければいいでしょ。席の配置を換えたわね。
母　エルヒェン・シュメルヒェン。ティップ・タップ。ネズミさんは消えたとさ。[★11]
娘　ネーム・カードは正しく置いて。
母　私のお気に入りのナイフがなくなったよ。
娘　そのうち出てくるわよ。椅子を動かさないで。フリッツが目を覚ますでしょ。
母　どうして私のことをそう悪く書きちらすんだね。みんな私を見かけると、うろたえて目をそらすじゃないか。
娘　そういう人たちなのよ。
母　おまえがそうなんじゃないか。おまえの仕業だよ。
娘　私は急いで体を洗ってさっぱりしたかったのに。
母　おまえは十分さっぱりしてるようにみえるよ。それにおまえの汗を見ればおまえが家族のために身を粉にしているのがよくわかってもらえるよ。

娘　なんて人なの。

母　私は絶対に署名はしないからね。

娘　お好きなように。でも約束したでしょ。

母　だからって私を誹謗するのね。

娘　私は母さんに圧力をかけなくてはならないのよ。

母　フリッツがどうなっても、関心がないっていうんだね。

娘　フリッツは私といっしょにくるわ。

母　私の目の黒いうちはありえないよ。

娘　私は待っていられる。そんなにいつまでもかからないもの。

母　絶対署名はしないよ。私がフリッツの後見人なんだよ。原稿の一枚たりともおまえのものになりはしないんだ。

娘　フリッツは母さんの家に戻りたくなかったのよ。

母　おまえのところへ行きたかったのに、おまえはいなかった。海外のおまえの新ゲルマニアに。[★12] スキャンダラスな報道が毎日届いたよ。

娘　フリッツがあの結婚を強要したのよ。

**母**　でもあの子はおまえを取り戻した。
**娘**　フリッツに罪はないわ。
**母**　いずれにせよ署名はしないよ。
**娘**　じゃあ、あなたたちを見捨てるわ。
**母**　おまえの前にひれ伏して懇願しろっていうのかい。あわれな家族を見捨てたりするもんじゃないよ。
**娘**　出て行きますから。
**母**　署名はしないよ。ほら、恥さらしにもおまえはこの手紙で博士に私がキリスト教徒でないと書いたじゃないか。
**娘**　母さんは二人もろくでなしを産んだ。
**母**　誉め言葉と聞いとくよ。こんな晩餐会なんかいつも負担でしかないんだろ。おまえは誹謗の手紙や権利譲渡書類を書いてるほうがいいんだ。フリッツは私のものだよ。
**娘**　フリッツがいなければ、微々たる年金だけでのたれ死にすることになるものね。
**母**　私はね、あの子の悪い噂が世間に広まることのないように、と思っているのよ。もっと賢くなりなさいよ。おまえの手紙を読むたびに身震いするよ。

娘　私は、母さんの晩餐会に出ると身震いするわ。

母　出て行くんだったろう？

娘　いいえ、あなたのナイフを探すことにするわ。

母　私は手づかみだって食べられるよ。私はだれも招待なんかしていないし。

娘　私が提案したんだったわ。ああ、疲れた。

母　たとえ私の署名が本当におまえの助けになるとしても、だれもそれを私に強要はできないのよ。私はあの子の作品に対して罪を犯すことになるんでしょう。でも、私たちがあしざまに言われるのは許せないの。

娘　私、不安なのよ。

母　おまえが夕食の席を設けようとしたことは一度もなかった。なのに今日は本当に立派な準備をして、よく頑張った。今晩はクリスマスや新年と同じように頑張りとおさないといけない。父さんは自分の身体を傷つけようとする村人たちにそうすることをやめさせることはできなかった。ある農婦が自分の手を切り落として、それをテリーヌ・スープのなかに入れて持ってきたことがあった。

娘　お医者さまと父さんがある老人を納屋の屋根裏から運び出したとき、私もその場にいあわせた。父さんたちは私や母さんに近づくなと言ったわ。農民たちも遠目に見守るだけだった。なかに入る勇気がなかったのね。

**母**　私が父さんの服をきれいにするのを拒んだときの、父さんの怒鳴りようといったら。ものすごい激昂だった。村人たちの野蛮な自傷行為はもうこりごりだよ。

**娘**　署名して。

**母**　フリッツがおまえの庇護下に入るのは認めないよ。あの子はここにいるのよ。おまえの母親である私のもとにね。

**娘**　もっとたくさん手紙を書いてあげましょうか。

**母**　好きなだけ闘うがいい。でもだからってあのかわいい病人を見捨ててはいけないよ。

**娘**　彼は健康よ。

**母**　健康ね。最初の徴候だけから判断してよければ、健康だ。こんな慌しいときによくも署名しろなんて要求できるね。おまえたちは私の支配下にあるんだよ。おまえもおまえの兄も。それにおまえはすでに一度挫折したんじゃなかったかね。そのことは私たちつまり私とおまえとそしてドイツ国民にとって鏡であるべきだろう。耳をそばだてて私の様子をうかがう必要はないよ。私はちゃんとまっすぐ立って階段を下りていけるんだから。まだね。階段を這い上がってくる必要なんてないんだよ。とっても難儀なのは認める。でもまっすぐ立って上れるんだよ。（退場）

**フリッツ** （大声でわめく）塩の樽がからっぽだぞ。銃殺だ。順番に。石の壁やたるんだ肉の襞のひとつひとつが、水を吸う苦いパンの分け前に与るに価する。そうして大きくなるのだ。何本もの塩の柱。私の周りにそびえる。森だ。ここであいつとそいつが私といっしょに食事をした。ここはあの権力者の席だ。これらはみなわが妹の女性ドクターが作らせたのだ。失敗に終わった結婚によってせしめた学位だ。わが妹としては学位は放棄しなくてはいけない。森が揺れる。白い。足下がきしむ。並木道だ。銃殺だぞ。王冠と柱頭と居心地良さげな鳥のねぐらの首を刎ねよ。場所を開けろ。新しい合図だ。米粒大。どの割れ目にも。一夜のうちに彫りこまれる。それから火に投じよ。火格子の上へ。皇帝の背後に法王がいるぞ。赤い熾火だ。白い熾火。捧げ物の穀物。夜の並木道を監視しろ。まぶたとまつ毛のあいだでひざまずけ。塩の鉢はからっぽだ。満たせ、満たせとからっぽの腹が叫ぶ。苦味。塩濃縮装置の壁。それを満たせ。青・赤・緑・黄色の上っ張りを着た死者たち。息を吸え。死者たちが棺から身を振りほどく。さらさらと落ちてゆく。深呼吸をしろ。日よけの位置を直せ。横になれ。体を温めろ。

娘

塩の樽が来るまで息継ぎをしていろ。米粒の軍隊だ。祝宴の空腹の柱。ここではだれかれとなくいっしょに食事した。消化の喬木森。便壺のふた。塩。苦味が歌をうたう。私がオメガで、あなたがアルファ。あなたはどうしてこんなことを私に押しつけるの。教会で説教したり、人生の意味について思索したりするのは無意味よ。あなたは小児科医になるべきだった。母さんにはなにが時流かわかっていた。自然科学者やピアニストでもよかった。みんな新世紀の階梯を登っていく。シミだらけの黒服を着た老紳士の集まりなど、ためらうことなく尻目にかけて。殿方たちは今日はグレーの背広を着ている。ベスト付きの白い背広すら許される。でも私たちは、着古した、継ぎはぎのある服装。あなたのコートは裏返しで使っている。あなたのパトロン婦人からのお金が頼り。借金生活。支払いができない。母さんはどこかしら。そろそろ身仕度を終えないと。あの人は眉毛をつり上げる。やっかい払いされ脇に追いやられ、新しい時代のなかで一息入れて、過去を想い、身震いする。でも今は、まだ先がどれほど長かろうとも。興行師。あなたには私という興行師が必要よ。私はできるだけのことをする。あなたは私のもの。あなたを正しい道筋へ導く役をもう一度引き受けなくては。神の世界は解剖され、ばらばらにされて骸骨になる。いのちのあるところでは、その部分のすべてが分類される。魂や無といったものに。それに対抗してあなたは巨人たちの砦を築こうとした。優柔不断などとは無縁な英雄の肉体から。あらゆる中途半端な信心や、諦めがちな人びとや、禁欲的宗教に対抗して。あなたは山巓で、聖なる動物たちやありとあらゆる愛の植物と向き合った。

**フリッツ** アルファとオメガ。

**娘** リンゴの種の薄い種皮どうしはぴったりくっつきあっている。それらは同じだけれど、でも違っている。はじけて芽を出し、接ぎ木されると、奔放に成長するのも、高貴に生い育つのもでてくる。より良き種のための台木を育てることが大事なのだ。芸術家、医者、聖職者、これらはみなひとつの種子だ。成長というのは、それぞれが退化していくことだ。だからこそ木は別の姿をとり別な手入れを必要とするのだ。こんな考えが私の脳裡をよぎって、枕のなかへ流れこむ。魂の汗なのか下水なのか。しゃべりすぎね。私の言葉じゃうまく説明できないわ。

**母** （入場）なにをひそひそ話しているんだい。私の耳が遠いと思って。おまえたち、逃げたいんだね。逃げるんだ。そんなことするもんじゃないって、母さんは何度おまえたちに警告しただろう。

**娘**　その指図ならわかってる。しょっちゅうよね。母さんもフリッツも。あなたたちが正しいの、あなたたちが正しい。そうなのよ。でもだれにも、民衆を育ててあげることなんてできない。新しい人間なんて育ちやしない。母さんは、私が罪を犯したと言ったわ。そうね、でも私はその罪を償った。夫も償ったわ。母さんは、おまえは逃げ出して、あの子を苦境のなかに置き去りにしたと言って、私を責めたわね。

**母**　移住してからの最初の手紙、それをおまえたちはなかなか書いてよこさなかった。子供がどう暮らしているか、親には知る権利があるんだよ。私はあの仕打ちを決して忘れない。

**娘**　あらゆる関係を断ち切って、新しい人生を始めたかったのよ。

**母**　（笑う）私は母親役に飽き飽きだよ。

**娘**　それなら私が責任を引き受けてあげるわ。息子が一人ほしいものね。でも母さんの役割はまっぴらだわ。

**母**　父さんが階段を踏みしめながら上ってくるのが聞こえる。それから僧服の裾をからげ、顔はまだ真っ赤で、息遣いは荒く、昂奮収まらずに、あの人は私の体の上で荘厳な仕事をやり遂げた。おまえは私がどうやっておまえを宿したか知りたがっていたね。床の上だったよ。あの人首尾よく私を捕まえることができたんだ。ストッキングもはいてなかった。産まれたときおまえは村じゅうが縮み上がるくらいの大声で泣き叫んだ。父さんは耐えられずに逃げ出してしまった。あとであの人は私たちを村へ連れ出して、自分の睾丸の成果を見せびらかした。家の扉を激しく開けると、また私を羽交い締めにした。自分の新しい家族を紹介する挨拶回りを終えるたびにだよ。

**娘**　焦げたクリスマス・パンが下にあったわよ。

**母**　あれは最高の祝日につくるお菓子よ。

**娘**　今日はクリスマスじゃないわ。

**母**　私にはクリスマスも同じ。私の二人の健やかな子供たちをこの手に抱かせておくれ。ここにひざまずいてちょうだい、おまえたちに祝福を与えてあげるよ。フリッツ、ひざまずいて。

**娘**　お客たちがこの光景を見たら、口のなかからパウダーシュガーをブーと噴き出して、飛び散った粉を黒い背広からはらい落とすのにたいへんな思いをするでしょうよ。母さんの勝利。

**母**　おまえたちに神のご加護がありますように。（フリッツと妹はひざまずく）私が部屋に入って掛け布団をはねのけると、あの人は昏睡状態で横たわっていた。思わず私はひざまずいた。神よ、私を最期まで苦しめられるのですね、でも私は全力を尽くします。エルヒェン・ウント・シュメルヒェン、ティップ・タップ、クラッペル・クルッペル。こちょこちょ。（フリッツはくすぐったそうに身震いする）

**娘** タップ・タップ。タップ。

**母** 新しいナプキンリングは気に入ったかい。

**娘** タップ。

**母** フリッツ、おまえは。クラップ、エルヒェン。

**娘** クラップ。フリッツ、あなた耳が遠いの。

**母** タップ。フリッツ、父さんはいつも「タップ」と言っていた。おまえの白いベッドにかがんで、おまえの小さな頬をつねって、「タップ」と。妹に聞いてごらん。おまえたちに、私を老いぼれなんて言わせないよ。

**フリッツ** 「苦悩と憂慮」ごっごは明日にすればいいじゃないか。今日は日曜、明日は月曜だろ。

**娘** 兄さん、私と踊らない？　祝宴が始まればすべてが堅苦しくなるから。

**母** 二人とも、さあ軽やかに。（ピアノを弾く）私にも踊らせておくれよ。

娘　フリッツがピアノを弾くわ。

母　床を木製の義足が叩いているみたいだ。義足はおまえの妹だよ。

娘　私、息が切れる。

フリッツ　もっと速く。（フリッツがピアノを叩くようにして弾く）

母　女王様、こちらにいらして、素朴な民衆にくるくる回らせられるがままになさい。父さんが私を納屋の脱穀場に追いやったように。出不精な人のくせに。あの人はその後で私を堆肥の山に突き飛ばした。臨月だった私が若い衆たちの踊りについていけなかったという理由で。

娘　それは当然の報いよ。

母　おまえは気づかなかっただろうけど、私は今おまえといっしょに床を跳びはねたよ。

娘　フリッツが歌うわ。

母　もうおしまいよ。おまえ、体を洗いたかったんだろう。私だってキリスト教を棄てて、ろくでなしの男と派手な生き方をしたいと思うこともあったよ。ピアノのふたを閉めておくれ。

フリッツ　母さんは船に乗ったことも、山にも登ったこともないだろう。

**娘** あなたの子供たちがあなたに手を差し伸べてあげる。

**母** 口からでまかせを。フリッツ、私にご加護のお祈りをしておくれ。おまえたち、そうしておくれ。エリーザベト、おまえは嘘つきだよ。

**フリッツ** 許されんことを。火床を離れ灰は高く舞い上がろうとするが、冷気が捕えて離さない。上空には温い大気が流れ漂い、太陽を前に震えている。灰は吹き戻され、無慈悲な逆巻く風に捉えられる。寄るべなく飛散し、いたずらに、逃れるすべもなく、永遠の青には決して到達できない。

**母** お願いだ。後生だから、行かないで。私をひとりにしないで。私を見捨てるなんて許さないよ。

**娘** 手元にはお気に入りのナイフがあるじゃないの。

**母** フリッツ、願いを聞き入れておくれ。聞こえないのかい？　いつもの強情に戻ってしまったのかい？　エリーザベト、あの子に話しかけておくれ。助けておくれよ。

**娘** 私は「いつだって親孝行な娘だった」と言いたいんでしょう。兄さん、あの人が望むようにしておやり。

**フリッツ** いやだ。

**母**　お願いだから、私に祝福の祈りをしておくれよ。二人だけで旅立って、私を置き去りにしたいのだろう。おまえの妹は、おまえに捧げられた楽譜を人にあげてしまったんだよ。

**フリッツ**　あれはどのみち重い荷物になるだけだった。

**母**　願いを聞き入れておくれよ。たのむから。おまえの快気祝いはこのようにふさわしいものになっているじゃないか。私がここで世界の破滅を誓うことなどありえないから。お願いだよ。私にご加護のお祈りをしてくれるまで、おまえを放さないよ。

**娘**　フリッツはキリスト教徒じゃないのよ。

**フリッツ**　母さんの調子はたしかによくない。（母を祝福する）母さん、立って。

**母**　この争いで大変なエネルギーを消耗した。体が痛い。まもなく草葉の陰から見守ることになるだろう。そのときおまえたちは好きなようにするがいいさ。だが今はまだ私のもとにいるんだよ。

**娘**　日傘の下に入れば私たちまた元気になれるわ。フリッツ、散歩に出かけようよ。私は貝殻を探し、フリッツは私に貝殻ひとつひとつの物語を聞かせる。私は貝殻を手紙に添えて、母さんに送る。私たちは元気、というふうに。

フリッツ　いずれぼくは粉々になった母さんの体をきっと嘆き悲しむよ。空っぽになったぼくらの母胎を。

母　ここにいておくれよ。ひとりになる。おまえたちはいつもふいっといなくなってしまった。私はここで耐えて、子供たちはどこへ行ってしまったのかと気を揉まねばならなかった。よい報せであろうと悪い報せであろうと、おまえたちの手紙をここで受けとらねばならなかった。おまえが教授になったことや、病気で卒倒したことや、おまえの妹の夫が自殺したことは、私よりも町の人びとが先に知っていた。郵便屋が触れ回っていたからだ。どうであれ私が知るのが最後だった。私にはなにも知らされないし、私は愚か者だ。私なんかすぐにでもやっかい払いされる身さ。助けておくれよ。

娘　もしフリッツが許すならばね。私もひたすら怖いの。

母　フリッツ、私たちは今とても楽しく踊った。エルヒェン・シュメルヒェン。楽譜は忘れたのかい。

フリッツ　君主たちは貢物を要求する。米粒法廷[★13]によれば有罪だ。

母　私がかね？　塩の樽に裁かれるのかい。

娘　旅行鞄の仕度はできているわ。

**母**　私のもとっくにできている。

**娘**　あなたの鞄って、「出来損ない」の子供たちから逃げだしたいときの非常用鞄のことでしょう。

**母**　いつか私も、ほんとはどう思っているか聞かせてあげる。おまえのこと、そうおまえとのことをね。

**フリッツ**　母さん、ぼくはあなたの部屋の前に立ち、あなたの息遣いを聞いた。あなたは手足を広げ、ぼくはあなたの上に横たわる。そして自分の精子を失う。自分の髭を刈り込む。朝には体を清める。妹がぼくに近づいてくる。妹はぼくの上に座る。ぼくは精子を失い、眠る。崖の裂け目で。あなたたちのもとで。黒い岩の下で。

**母**　私はとても元気になってきた。

**娘**　さあ、明るい服を着て、このみすぼらしい喪服から抜け出るの。

**母**　私は待ちくたびれた。なにか食べたいんだよ。今から私の祝宴をあげるよ。おまえの接客などはもうどうでもいい。殿方たちがここに来るのは結構、でもなんであの人たちのために待たなくちゃいけないのよ。待ち時間が長すぎる。

**娘**　さあ、きちんと身繕いをして。髪をとかして。お客たちはもう到着するわよ。

母　他人の家に入るときは、呼び鈴を鳴らすものよ。
フリッツ　母さんはここでは他人同然だよ。
母　おまえたちは病気だよ、病気。だれがおまえたちをそうしてしまったのか。私を寝床へ連れていっておくれ。でも私は諦めないよ。おまえたちにもっとましな母親などいるわけがない。私は海へ行きたい。
フリッツ　母さんはこの席順を受け入れたんだね。
母　私は海へ行きたいよ。魂は解剖なんてされるもんかね。
娘　海へねえ。海が山だったらね。
母　山でも海でも。行けるならどちらでもいい。おまえたちは私よりも多く苦しんできたんだね。おまえたちは病気だ。おまえたちの手助けをするよ。海。山。子供たち。さあ、いっしょに晩餐をとろう。
娘　気分がよさそうじゃない。
母　私は立木を引き抜くことだってできるかもしれないけど、足がだめね。フリッツ、私は断食療法を始めるよ。おまえは私を観察していておくれ。これからはまたハイキングに出かけよう。晩にはカスターニエン広場へ行こう。もう久しく行ってなかったもの。

**フリッツ**　ぼくは起きて、岩の裂け目に横たわり、寝ることにしよう。

**娘**　母さん、フリッツの仕度を手伝ってあげて。そして私が呼ぶまで待っていてね。フリッツは私があとでひとりで連れてくるから。母さんは適当に離れてついてきて。

**母**　(フリッツとともに退場、去り際に歌う)　いかにして汝を迎えまつらん、いかにして汝にまみえん[★14]……

**娘**　悪こそ人間の最強の力なり、ね。

# 第三部　エッタースベルク

## 一　通りにて。息子

フリッツ　剝き出しの尻、どいつの尻だろうと、ここで、そのまばゆい輝きが俺の後について広場を横切る前に、俺はその尻をきれいになめてやる。式典を執り行うのだ。移動用天蓋の下、王族、諸侯、高位聖職者、徴税役人のあいだで巻き起こる万歳三唱。教育学者が生み出した民衆が叫ぶ。鳴り止まぬ歓声、敷石をガリガリいわせ、待ち焦がれ、汗をしたたらせ、一体化させられ、変わりようもない。やがて、地面が割け、壁、家、屋根、古い塀が革靴のように口を開き、空気を求めてぱくぱくし、息を止める。すると今度はこぶしの打擲の音がみなを震えあがらせる。静寂が訪れ、息を止める、嵐と雷雨。しかしその前に人気のない道を通り、傾いた塔の下を、俺が、指を前に突き出しながら、ひっそり歩く。俺は言った、今日昨日明日と。空白。浮き出たあばら骨、あいつの痩せた腕、もじゃもじゃの髭、あいつの頭髪。ここだ。おまえたち。王族が現れるまで。敷石の上で。敷石はすでに輝いている。雨の後、歴史の埃の後で。新世紀の最初の日。俺の後にくる時代。それは俺のもの。俺にふさわしい。俺はその日に先立つ存在。先立つ。俺の跛行する足。毛の密生した長い舌。ぐらぐらする歯、ふけ、涙と目やにとかさぶただらけの目の下の隈。これ以上成長することはない。十分つきあってきた。ここだ。ひだとひだのあいだの今日明日昨日。切り開け。抑えつけろ。沈黙だ。塔は傾き、腕を伸ばす、俺たちの頭上に襲いかかる大火の炎に備えて塔の煉瓦を選り分けろ。怠惰になり、役立たずになり、年老いた。もはやにっちもさっちもゆかない。それより夏草の葉のなか、真鍮の碑文の刻まれた黒い墓石のなかにいろ。王族たちが現れるまで。やつらの掃除婦たち、フライパンの保持者たち、やつらの女朗読者たち、やつらが支配下におくネズミのしっぽ、移動天蓋の担ぎ手たち、やつらの縦溝入りの槍、やつらのぼろぼろの旗、もはや修復不能な朽ちかけた絵。文章から単語が飛び出し、もはや曲げることも砕くこともならず、ひたすら耐えるだけ。俺たちが這い込んだ脇の下の汗のなかで。もはやにっちもさっちもゆかない。平静を保つだけだ。壁が崩れ、古い塀が語り、大地が安全な歩みを拒む日までは、生き埋めになるな。だれもがこっそりと問う、いつまで教壇は充実していられるか、いつまで、と。答えはわからない。大地が丸天井のように反り、姿を現わそうとしない無が、姿を現わさなければならなくなるときまで、答えは黒い闇のなかだ。空っぽの部屋のドアを後ろ手にバタンと閉め、編み上げ靴や夕飯を食している者や喫煙室や非常階段の上を通れ。いつまでなのか？　人間はどこまで知ることを許されているのだ？　昨日明日今日を比較考量する。なんたる埃。地階の部屋からも、冷たく湿った壁紙からも、地下室の壁からも。より多くの光を欲しがる腐った馬鈴薯や、新しい根や、黄緑の新芽を蟻たちと分け合う。蟻たちの止めどない行進は地下から地上階へ登り、主君たちの部屋を経巡《へめぐ》る。王族たちは、混乱にも風にもひるむことなく、燃えるがごとき屋根と崩れかかる梁に起因する、上階に立ちこめた暑熱にもひるむことなく、従容と引見をこなしてゆく。洗濯ひもには洗いざらしの色褪せて縫い繕われた服が吊されている。空の青と、月の赤と、緑色のみすぼらしい草地の黄色のなかに。茶色の塀で囲われて見る影もない草地は川岸に向かって呼びかけ、川岸まで行こうとするのだが、そこまでは行きつけない。岸ではごみの山と工場の煙突と裸体が水面に影を落としている。尻だ。事故死を遂げた者たち。込み入った建物群。新世紀の初日。俺の後につづく今日と明日。ここだ。ひだとひだのあいだで、二つの世界が衝突しひとつとなる。圧縮された世代どうし。ここだ。「俺が」と「俺を」に引き裂かれる俺。二重生活。「俺のなかに」と「俺のなかから」。ここだ。老朽化した壁が崩壊するところで、後続の新世代に身を屈するよう何度も迫られる。散歩用の杖、夏服、流れて行くタールの樽に身を屈しろと。焔の伴奏をし焔に先んじもする嬉々とした制服姿の楽隊の重みに屈し、水桶と冷湿布に屈し、気だるい晩の耐えがたい暑さに屈し、わが家の前に影を落とす漆黒の栗の木に屈してしまっては、敷石を思い浮かべ近所の人びとを思い浮かべ地主の屋敷を思い浮かべ水道橋を思い浮かべようと、もはやなにごとも耐えがたく、降参のタオルを投げるしかない。遅きに失した救急馬車が到着し、担架が配られ、慰めの言葉が語られる。光も昨日も明日も今日もない。例外はない。空虚。動物。疲労。もはやにっちもさっちもゆかない。静寂あるのみ。あそこだ。広場を超え、家へ向かおう。白いシーツ、アイロンがけしたシャツ、尿瓶のあるところ、親切な妹たち、二重の母親たち、愛すべき父親たち、君、そして彼女のいるところへ。「俺に」と「俺が」。この肉体。毎日切り刻まれてゆく。

母　フリッツ、フリッツ、おまえはこっそり逃げだしたんだね。体の具合は悪くないけど、こんなことをしちゃいけない。どこを探せばいいんだね。不用心だったって妹にはなじられるし。いったい私はどうすればいいんだね。こんなところに来てるってだれかに見られたらおしまいだ。私はなにひとつ物なんかわかっちゃいないんだ。私はおまえの母親というだけで、挨拶にもくだらない質問にも応えなくちゃいけない。私なりに感謝してても、内心はいつもびくびくしている。おまえがどの街角にさしかかってもそこに隠れていやしないか、子供のころのおまえが両親に立ち入りを禁じられた上の階の空き部屋に入り込んだときのように、私に見つかるんじゃないかと怯えて、農家や天井の低い家畜小屋に這い込んだんじゃないのか、と考えながら。おまえはそんなことをしちゃいけないんだよ。でもまったく、おまえに教育で身につけさせようとしたことはなんの実も結ばなかったんだねえ、なんの実も。フリッツ、私はここを行きつ戻りつしてる。おまえを見つけ出さないかぎり、家には戻れない。娘が、おまえの妹が、おまえを探してこいと言いつけたんだ。わかるかい、理解できるかい、あの子がおまえの母親をここへ寄こしたんだよ。私は背筋をしゃんとのばして譲歩なんかしなかったんだけれど、でもあの子は私を送り出そうと、ドアを指さして、うなるような声で言ったんだ。あんたの餓鬼を探しておいで、そしたら私が体を洗ってやり、餌をやり、小間使いの職務も当然の義務も果たしてあげるよ、って。そうやって私は追い出されたんだよ。フリッツ、フリッツ、おまえは見つからないねえ。おまえを連れていかないことには私は家に戻れないんだよ。おまえの妹はおまえを、小銭をなくし冷や汗でべとつく手を母親に広げて見せなくちゃいけない子供みたいに扱う。料理はおいしかったとあの子はおまえに厳しく訊ねる。シャツの襟の染みを洗い落とせとも言う。あの子が料理はおいしかったと訊く口調には、おまえの体を拭いてきれいにするときと同じ卑屈さがこもってる。アイスはおいしかった、私なら同じ問いを二度も繰り返すもんかね、そう言うとあの子はおまえの後ろ髪をつかんで、軽く引っ張り、もはや放そうとしないんだ。フリッツ、フリッツ、私はおまえにそんな仕打ちをしたことは一度もないよ。おまえの肌や、首の付け根や、痩せた背中や、小さいころから目立つ天使の翼みたいな肩胛骨を目にするたびに、壊れ物を扱うみたいに、いまにも血管が破れやしないかと、おそるおそる触ったもんさ。いまでもおまえの腰骨は十分に発達していない。妹は私をじっと見つめては、肩をそびやかして、私が教えこんだとおりの仕方で手を組むけれど、なにをか言わんだよ。あの手、あの骨ばった指の前に私はいまじゃ膝を屈しなければならないんだ。さらにあの子は、こんなこと耐えられない、と叫び、踵を返して階段を上りながら、にっちもさっちもゆかない、と言ってフリッツ、またしてもおまえの口まねさ。フリッツは、フリッツはどこなのよ、とあの子は私をどやしつける。母さんを脅かすつもりはないの、でもフリッツはどこにいるのかしら、とあの子はしばらくすると言う。私は一秒一秒を数え、一秒一秒を飲み下してその場を切り抜けようとするんだけれど、もうその速さについて行けない。私が数えていると、あの子はまた問いかけ、窓辺から振り返って、黒ずくめの姿で私の前に立って、訊ねる。母さんに訊いてるのよ。でも私には答えられないよ、フリッツがどこか。あなたがフリッツに家出するよう仕向けたのよ、フリッツが背広を新調するのを認めたのはあなたよ、あなたが「はい」と言ったんじゃない、あなたはなにかにつけ「はい」と言うのよ。もうだれも私たちとは関わりたくないと思っているのに、それでもあなたは「はい」って言うのよ。ひっきりなしに「はい」って。そこで私はあの子に「はい、はい」とどなり返す。私は転びそうになって、椅子の背もたれにつかまらなければならない。するとあの子はその椅子を私からもぎ取って、自分が座り、私には高い背もたれのついたカバーの破れた椅子を押してよこす。あの子はそのカバーを直す直すとずっと言いつづけ、ことあるごとに直すと約束し、糸を買い、私にも糸を買わせ、六度も私を追い立てて別の色の糸を買いに行かせたくせに、今日までまだ繕ってもいないんだ。いかにも咎める風に、まさか私にいまそれを直せなんて、母さん本気でそんなこと私に要求するわけじゃないわよね、だって私はもうあなたの息子の世話までしてるんですから。あれはおまえの兄さんだろう。するとあの子は私の顔に向かって走ってきて飛びつき、私の目を掻きむしろうとする。これまでも何度だって子供じみた癇癪を起こしては私をそう言っちゃ脅かしてきたんだけどね。でもあの子はそんなことを本当にはやれないさ、フリッツ、自分の母親の目を掻きむしるなんてこと、あの子にできるもんか。フリッツ、おまえをどこで探したらいいんだい。私はこっちでは探していられない、私が教授先生の母親だってみんな知ってるもの。おまえが私たちにひどく心配させたあげくに、さっさと街へ逃げてくるんなら、私はおまえをまた家んなかへ閉じこめておかなければならなくなるよ。野原へ逃げるんならまだしもだよ。以前おまえが野原へ行きたがったとき、私にはとめることができなかった。母さん、ここから出して、とおまえは私にむかって大声でせがみ、ひざまずいてみせた。私は直しかけのクッションカバーを片付けて、おまえに服を着せ、おまえと腕を組んで野原へでかけた。ヨモギギクやひねくれた桜の木や、青いシラミだらけのジャスミンの茂みのある野原へ。無数のシラミがジャスミンの葉を蝕み、撓め、葉は縮み、丸まり、成長を止め、日光は青いシラミの身体に遮られジャスミンまで届かない。おまえがありとあらゆることを説明してくれるから、私はなにも思い出せなくなってしまった。身近な植物のこと、おまえの父さんがソーセージ作りに必要としたもの、私が子供のときに暗記したもの、ありとあらゆるものを私はおまえの隣で失った。もはやなにも思い出せず、白髪をかきあげ、おまえが導いてくれ、後ろ手に引っ張り上げてくれる短い坂をあえぎながら登り、息を切らしていた。おまえは私の襟を開き、ずれ落ちたストラップをきちんと直してくれてから、汗で湿った私の肌を滑るように撫で、脇から、私を見下ろした。私は上を見上げる勇気はなく、おまえと目を合わせたくなかった。私の肌に触れるおまえの手だけを感じていたかった。私たちはさらに歩き、ストラップがまたずれ落ちた。私のはおまえの天使の翼のような肩胛骨ではなく、おまえが何度も繰り返すようにまん丸い背中だけだ。おまえはやさしくいつまでも背骨の脇にある湿疹を搔いてくれたけれど、私はついにもうやめなさいと言わざるをえなかった、そしておまえの妹は私の搔きむしられた背中を見ると、私を医者に連れて行った。あの子は私の手をしっかり摑んでいたが、最後には私ひとりで医者の家へ入って行った。医者の家を出るとき、医者が階段のところまで見送ってくれたんだけれど、あの子は私の傍らをすり抜けて階段を上り、医者の所見を聞いてくるという。あの子は母親の容態を細かく尋ねたかったが、医者は躊躇する。今日ではあの子が私をしたい放題扱うのが、当たり前みたいになっているので、医者は鼻眼鏡を落とさぬようまゆをしかめて、診断書を読み上げるような説明をする。

あの子は医者の家から出てくるなり、母さん、なんでもなかったわと言う。そして私と腕を組んで、日傘を広げる。すると私が生きてゆき、生きながらえねばならない世界はふたたび秩序を取り戻す。母さん自分のことを大事にしてね、私たち母さんがいなくなったらどうやって生きてけばいいの、そう娘は言い、晩には私のこわばった手を叩きながら、ちゃんと手入れをしないとこわばって動かなくなるわよと繰り返す。そうだね、ほんとにそうだ、と私はうなずき、眠りに落ちることができる。するとあの子はそっと立ち上がり、座ったためにシーツにできたしわを伸ばし、掛け布団を私の首までたくしあげて、灯りを消し、すべてを確かめてから、静かに部屋を出ていき、ドアを数センチ開けたままにしておくが、しばらくしてからそれを閉める。ドアを数センチ開けたままにしておくのは、自分がまだ仕事をしているのを私に知らせるためだ。あの子は、もはや私の手に負えない夜なべ仕事をして当然なのよ、私は眠ってしまうもの、フリッツ。フリッツ、私はベッドのなかへ仕事をもちこむのさ。あの子がドアを閉めても、私は頭がさえて、もう眠ることができない、一晩中だよ、十五分間眠れれば上等さ。始めはそうしていたのだけれど、すぐに起き上がっていたのだけれど、そうするとあの子の邪魔をしてしまう。あの子はどんな小さな音にでも驚いて席を立ち、パジャマのまま階段を下りてきて、私にどなりつける。私が大変な一日を終えてようやく一息つき、フリッツに起こされるまで数時間眠れると思った矢先なのに、母さんたらぜんぜん気を遣ってくれないんだから、って。フリッツ、どこで探せっていうの。私は家に戻らなくちゃならないんだよ。私が家の玄関を開けるだろ。妹はもうとっくに、自分で私たちのために改装したあの家のなかから私を監視している。あの家にはあの子が君臨してて、私たちには下っ端の役しか与えられていない。それ以外に、私にはなにもできないのだよ。ねえおまえ、罪だけは犯しちゃいけないよ。私が子供のころ仰ぎ見た母も、同じことを言ったものだ。母はいつも優しく、子供を分け隔てしなかった。母は、父が断言したように、教育はなかった。父はそう言って同僚の神父たちのあいだで母の評判を落としたのだ。そうこれが私の妻です、と父から同僚たちに紹介されると、母はぎくりとしてしまい、人前から遠ざけられる女の役割しか演じられなかった。父は母を、いつも家と小間使いと子供たちだけを相手に置き去りにしたのだった。

いまなにが起ころうと、私にはお祈りをささげることしかできない。そして私はあの子をもう二度と家から出してやれなくなる。あの子をどうすればいいのか、私は途方に暮れる。善意のお友だちの忠告どおり、あれを家のなかに閉じ込めておくことなどできるもんじゃない。あの子は立派な体格で、運動を必要とするのだから、部屋の壁を見つめているだけじゃ、病が嵩じるばかりだ。あの子をベッドや本や本棚に縛りつけておくことなんかできるもんか。そうしたところであの子はなにもかも引っぱって出てゆくだけだろう。ぼくはみんなのなかに出てゆかなければならないんだ、とフリッツは私に向かって声を荒立てる、母さん、ここを出なけりゃならないんだ、ここを出なけりゃ、わかってくれ。でもね、フリッツ、と私は言って、両手で口元を押さえる。私の目から涙がほとばしるのをあの子にすぐには気づかせないように。母さんは本当に涙もろいのよ。でも、フリッツには、私の言うことがわからない。あの子は私を揺さぶり、両肩をわしづかみにする。私は不安に駆られる。フリッツ、放しておくれ。フリッツの眼差しが私には耐えがたい。母さん、母さん、あの子は私を抱き寄せるが、私は身をもぎ離そうとする。おまえ、痛いよ。私は手足をばたつかせるが、息子はがっしりと、私をもちあげ、私を羽交い締めにし、私の息ができないようにしておいて、のどに噛みつく。私は叫び、両のこぶしを使ってなんとか逃れようとするが、逃げられない。獣は私を放さずに、噛みついたままだ。妹がドアの内側から、私たちを見張っているときは、いい子なんだけれど。そのときはいい子だ。だめね母さん、そうおまえの妹は言って私をさすり、とつぜん私の頬をつねる。長い爪で、先は鋭い。おまえが子供のころ、私はそういう爪をはやすことをどれほど禁止したことか。禁止したって、とあの子はオウム返しに言う。覚えてないわね。夫なら禁止したでしょうけど。そう言ったきりあの子は口を閉ざす。するとフリッツは私を放し、別の部屋へ入って行く。フリッツ。

二

# 木立ちにて。兄妹

エリーザベト　母さんはもうここまで登ってこられないけど、あなたと私は平気、久しぶりの散歩ね、七ヵ月ぶりだわ。足が痛むの？　私が先に登らなきゃならなかったのね。いい空気を吸って、少し休憩しましょう。気分次第で、いつ引き上げてもいいのよ。ここ気に入ったわ。母さんの医者通いには辟易したわ、私が黙ってると、泣き言ばかり。隠れて薬を飲むのよ、陰でこそこそと。あなたは知らないでしょうけど、あの人、私が薬を取りあげて、隠したりトイレに流したりって根も葉もないことを言いふらしたの、あなたにじゃなくて、小間使いたちによ。私いい加減腹が立ったわ。そういえば、あなた、新しい小間使いたちに、私が思っていたよりも早く、慣れたのね。とてもありがたいわ。母さんもきっと喜んだでしょうね、窓際に立って、テーブルにコーヒーの準備をして、二人の子供たちの帰りを待ってくれたでしょう。母さんたらほろっと涙をこぼすと、急いで振り向いて、部屋から出ていくんだけれど、そのときわざと腰をかがめるのよ。自分はもうなにもいっしょにできないという屈辱をにじませた背中を私に見せつけた。私はもうついていけないよ、と最後に言ってあの人はあなたと私を外へ送りだしたものだった。あなたがかわいくてたまらず、あなたにキスをして、あなたの襟をつかんで腰を屈めさせ、あなたを抱きしめたわ。兄さん、楽しい？　なぜネクタイを解かないの。私たちどっちみちあとで身支度しなくちゃならないのよ。ここはひどい踏み荒らされようね。雨の心配はもうないみたいだわ。傘は下に置いてきちゃった。盗られないといいけど。私、いつ襲われるんじゃないかって、心配なの。理由を言えっていわれても困るけど。くつろぎなさいな。私はちょっと林道の方へ行きたいんだけど、あなたをひとりにしてもいい？　いやなの、いやだったら、そう言えばいいのよ。私喜んであなたのそばにいてあげるわ、そのほうがいいのよね。不安なの？　あなたに慣れてもらうために、私は夜あなたをときどきひとりっきりにしなくちゃならない。あなたは病気じゃない、いずれにせよ今はもう病気じゃないわ。あなたは健康で、前みたいに走ることだってできる。いま山の上にいる私たちの姿を、母さんに一目見せたかった。あなた祈ってるの？　どうして膝なんかついてるの？　昔あなたが母さんの後ろでおかしなジェスチャーをしてたのを、私よく覚えてるわ。なんのこと言ってるかわかる？　母さんがお祈りしてるとき、あなたは手回しオルガン弾きのグルグルする動きをまねしてたわね。首をぐらぐらさせ、踊る猿みたいに舌をベロンと出した。毛のない首元で鎖を揺らしながら、猿は角砂糖を嚙み、それを口から吐き出しては、宙返りしながら呑み込む。手回しオルガン弾きは擦り切れた上着に開いた穴に指を二本突っ込んで、卑猥な身振りをしたわ。指をより深く穴に入れて、足で床をガリガリいわせながら、下腹部を前に突き出し、音楽にあわせてぴくぴく動かした。靴がぐらぐらするみたいに、爪先立ちで歩き、ほとんど倒れそうになりながら、にやっと笑って、熊使いたちに挨拶する。熊使いたちは階段を上ったり下りたりしながら、動物に芸をさせたり、派手な上着を着せたり、鈴つきの帽子を被せたりした。母さんはジプシーを嫌っていて、私たちをジプシーから隠そうとした。後になってだけれど母さんが、旅芸人にたくさん施しをあげすぎたといって、父さんにこっぴどく叱られたことがあった。母さんは、さっさと立ち去ってもらおうと思ってそうしたのだけれど、その男は立ち去るどころか、母さんの気前のよさに意を強くして、家の前で踊ったり演技したりし、夜にまた家の前に戻ってこようとした。それで父さんは母さんを叱ったの。あなたはなんのことだかさっぱりわからなかったのよね。ところで私母さんの背中に軟膏を塗らされたんだわ。あの人手が背中に届かなかった。そのくらい不器用な人だった。ほら、背中のボタンわかるでしょ？　私はひとりで服を着られるけれど、あの人はなにかにつけて小間使いを必要とした。家の生活が苦しくなって、小間使いを置いておく余裕がなくなっても、あの人はその習慣を諦めようとしなかった。私はそういう習慣なんだよ、とことあるごとに私をどなりつけた。私が誤ってつねろうもんなら、あの人私を蹴飛ばしたわ。私がすぐに謝っても、あの人はもう私の髪をつかんでいたわ。ごめんなさいね。私、しゃべりすぎかしら？　腰を下ろしたい？　ここの眺めはすばらしい。雷雨になるのかしら。母さんならすぐにわかったんだけど。あなたなぜ口をきかないの？　あなたの望みどおり、外にでてきたんじゃないの。私に気をもませないでよ。あなたのことを理解しているのは私だって、わかってるでしょう。ほかにだれがわかってくれる？　母さん、それともあなたのお友だち？　でも、それって誤解だったでしょ。人は年をとる。そして毎日年をとったかどうか自問するの。夢をみているの？　隣に座って、手を握ってちょうだい。こうしていてほしいの。あなたもそうよね、いつまでもこうしていたいでしょ。しっかりするのよ。妹といっしょの兄さん。今日はすばらしい日だわ。下では私たちを待ってる。すぐに知れわたる。挨拶されたら、帽子をとって、親しげにうなずくのよ。うなずくことしか要求されてないんだから。さりげなくうなずくの、大げさにでなく。あなたいつも上手にやってた。上品さそのものだった。今日、もう一度ああして見せてちょうだい。妹の腕をとって。一度だけでいいのよ。わかるわね。そうしてもらっていいだけのことはしてきたつもりよ。私あなたのベッドに入って体をからめたわね。あなたの腕に抱かれたわ。もしあなたが、母さん母さんて大声だすなら、今日もそうしちゃうわよ。母さんを見たわよね。白い装束を着て、お祖母さまから堅信礼のときに贈られた聖歌集と、父さんの形見の小さな懐中時計を持って横になっていたでしょう。両方とも私が持たせてあげたの。それともあなたが形見に持っていたかった？　私たち今日はもう演奏できないわ。帰るのに二時間かかるもの。コートのボタンははめたままにしてね、芝が湿っているから。座りたいんなら、私の隣は乾いているわよ。すぐ乾くのね。顔を私の肩に置いたら、十五分くらいゆっくり休みなさいな。下へ降りる前に、襟元を閉めてあげる。ここにいらっしゃい。手を握らせて。七ヵ月も病気してたら、新鮮な空気に触れなくちゃだめよ。これ以上死者を悼んでいても仕方がないわ。一年か二年よね。私たち自分のことを考えなきゃ。

母さんもきっとそう望んでるわ。母さんのことだもの。フリッツ、あなた父さんのことすぐ忘れたわね。私は忘れられない。父さんは今でも目の前にいるの。だんだん父さんへの憎しみが愛情に変わってゆく。日ごとによ。ときどき父さんの手を感じるし、すばやく振り向くと、父さんの影が見え、階段まで私に付き添ってくれている。父さんが本当に後ろに立っているか確かめようとすばやく振り向くんだけど、私が手を伸ばしても、ほとんど気配は感じずに、私の手は虚空を切り、黒い染みが見えるだけだ。私はそれを心に刻む。心に刻みつけると、その染みは消える。私に見えるのは、アイロンのしわや、上着のボタンや、父さんの靴。私は追いつこうと、前傾姿勢で前へ急ぐけど、染みは消える。あなたも足が痛いの？　山登りに慣れていないものね。ぶなの木探せ、菩提樹見つけろ。[★15] 昔私たち、墓地の建物の周りでかけっこしたわね。いまでは父さんが眠っている墓地で。私もいつかあそこで眠りたい。あなた、どうしてしかめ面をしてるの？　私の話で不安になったの？　ちがうって？　そんなことしてると転ぶわよ、あなたにはどうでもいいんだろうけど。どうでもいいのよね。どうせ私に家事をさせたり、汚れ仕事をさせるんですもの。あなたたちはみんなそうよ、母さんもあなたも。私は冷静よ。こんなこと口にすべきじゃなかったわね。私はあなたのことを考えてなくてはいけないんだ。どんな犠牲を払ってでもそうするって、母さんに約束したんだもの。私はずっとあなたの側についているわ。でもいつか父さんの墓参りをしたいわ。私に付いて来てくれる？　あなたのいまの状態では無理よね。残念だけれど。でもいまあなたの調子はだいぶよくなった、ねえ、いっしょに行きたいわよね。もう一度手をつないで私たちの原っぱを見に行きましょ。あそこにはもう建物が建ったそうよ。納屋に人が住んでいるんですって。草の上に寝ないで。湿ってるんだから。ここに座りなさい。私が少しずれてあげる。ほら、ここはどこも湿ってないわ。帽子をぬぎなさい、汗をかいてる。母さんに見せたいわ。母さんはもう登ってこられない。そうしたかったのに、できなかったのよね。

**フリッツ**　かまどを作ろうよ、ここに。

**エリーザベト**　いい加減にしてよ。いつまで私を苦しめるつもり？　あなたは建築家じゃない。人に教える立場でもない。言いつけどおりにしなくちゃ。昔の話だわ。あなたの言うことを聞く人なんてもういない。王侯は頭を下げるもの。なぜかって。王侯なんてだれも必要としないからよ。お金はつきかけてる。道は長い。あなたが切り開いた道。そう思うと慰められるわ。あなたが切り開いた道。私はその道をひとりで歩むのよ。あなた父さんの墓にさえ尻ごみするんだもの。納屋は増築されたわ。うちにいた小間使い、いまじゃ四人の子持ちなんだって。覚えている？　うなずくぐらいしてよ。かまどだわね。流し込む材料を用意しなくちゃ。王侯は頭を下げ、山を下り、そして背を屈め、祈りをささげるのよ。ここの草はひどく踏み荒らされているわ。民衆が走り回るせいよ。雷が怖いのね。菩提樹見つけろ、樫の木避けろ、ポプラはザワザワ。[★16]あなた、なに考えてるの？

**フリッツ**　金髪の男よ、うなずけ、おまえの子供たちのひどい震えようはどうだ。

**エリーザベト**　最高の脳は漆喰。小石はたくさん。なんてじゃりじゃりいうの。裂け目はあらかじめ水でぬらしておいて、混ぜあわせた材料がなじむようにする。ばしゃばしゃ撥ねさせちゃだめ。私はどんな手仕事も経験した。結婚生活でよ。でももう遠い昔のことで、ほとんど思い出すこともできなくなった。あなたは覚えてる。そうでしょう。

**フリッツ**　でこぼこはどこにだってある。

**エリーザベト**　それを自分たちに納得させるために、あなたは世界の半分を破壊しつくした。そしてやりつくすまでやって、私たちはまた一緒になった。そのことは忘れないでね。結婚。それはもう終わったこと。殻を剝くと、その下のつやつやした肌が見える。私あなたの側でがんばり抜くわ。私たちが別れることになったとき、あなた私の頭を撫でたわね。私は戻ってきた。あなたの側でたえずあなたを仰ぎ見てばかりいるのと、あなたの当時の言葉によれば、あなたにすがって勇気をもらうことに耐えられなくなって、一度は逃げ出したんだけど。いまはあなたが私にしがみついてる。そのほうがいいのよ。私の言いたいことわかるでしょ。火がおこった。かまどよ。なんですって。ここよ。あなた、ドイツ語でなにか言いかけたわよね。ごちゃごちゃでわからなかったけど。母さんあなたを探してどんなに走り回ったことかしら。あなた水溜りで水浴びしようとして服を脱いでしまったことがあった、靴だけは履いてた。結婚。母さんはとても喜んでくれた。私のウェディングドレスを幾晩も夜どおしで縫ってくれた。私の手間を省いてくれたのよ。私が結婚式と夫のことだけに集中できるようにって。あなたあのとき本当に苦しんだの？

## フリッツ

ぼくらを引き裂こうとして、さまざまな検閲をしかけてくる者がいる。おまえはそれを阻止しなくてはいけない。おまえは証明したいんだろう。おまえには女らしいところはもうなにひとつ見てとれないことを。この点について、ぼくは違う考えを持っていた、話の腰を折らないでくれ、昔はだ。ぼくらが母さんといっしょに海辺にいたときのことだ。母さんといっしょに。

**エリーザベト**　いつのこと？

**フリッツ**　菩提樹見つけろ。適正な菩提樹を。ぼくらは山頂へ登り、木々の枝とひとつになる。山々の頂きが、雲に突き立つ。雲の白さが重く雪の上にのしかかる、巨大な雪の塊りの上に。マナが生い育つ山巓をめざせ。火夫たちが現れ、長靴で汚水を掻い出しては、かまどの火を消し、掃除をする。やがて王侯たちが実地検分の仕度に現れ、数分間立ち止まり、彫刻を施された遮断棒で責め苦の十字架に敬虔と恭順の念を表す。からっぽの格子の上で皇帝の背後から法王が立ちあがり、祝福を与えるために手を持ち上げ、身をかがめる。すると、刺し傷だらけの胸が見える。白い絹に金髪の巻き毛が揺れ、脇の下から槍の刃に血と汗が流れる。明るい目と長いまぶたの上の眉と、睫毛のすばやい動きのなかに認識が仄かに見える。小さい柔らかな口がゆっくり開いて、ぼくには思いつくことのできない言葉を語り始める。ぼくは生きながらえるために、その言葉から身を振りほどく。口が動き始め、痙攣と静止が目に入る。のどの奥でさまざまな思索が出会い、子音と母音はもはや、火格子の上、皇帝と法王の背後では、生み出されない。耐火煉瓦が返答し、光と熱を反射しながら、まだ数週間は持ちこたえ

エリーザベト

る。火夫が不注意でうかつな作業をすると、手はまだ火傷してしまう。かまどは内部に、傷の周りでゆらぐ酸素を必要としている。火夫たちは残り火について語る。レンガ工場ではときどき環状に燃えだした火が制御できなくなり、塞いだばかりの壁が破裂して、粉々になった漆喰が飛び散る事故が起こった。炎が吹き出して、芝土に焦げ痕が残った所では、炎は自らの力で炉のなかへ戻り、まるで秩序に従えと命じられ、炉の内側で一体になることを強制されたかのように、しゅうしゅう言いながらぶつかり合うけれど、いつのまにかひとつの方向に向かって燃えだし、ちゃんとレンガを焼きあげた。あなたはちょうどあんなふうに、新しい人間をこしらえようとしていたんだ。私たち調理机の前に座って、ちぎった新聞紙に食用顔料を塗った。いちどあなたは、本物そっくりのパンをこねて作ったことがあった。知らずにナイフを入れた母さんは怪我をした。おまえの仕業ね、って母さんは小声で言って、こちらに振り向かずに包帯をしてた。すぐ片付けなさい。それで一件落着だった。母さんは中庭に出ていって、新聞製のパンを餌切り台の上でみじんぎりにして、ニワトリをおびき寄せ、ニワトリがそれを呑み込んで喉を詰まらせるのを眺めて、鬱憤を晴らしたのよ。ニワトリたちもだまされたわけよね。ニワトリは首を伸ばして水を呑もうとしたんだけど、紙粘土が膨れ上がったのはそれからだった。あなたはあとで、卵が苦い味がする、まるでニワトリが蟻塚をくらいつくしたみたいだと言った。うちのフリッツはおかしなことを言うねえ、と母さんは笑った。私たちはおなかの底から笑わざるをえなかった、と母さんはその日の日記に書き残した。

**フリッツ**　雷だ。

**エリーザベト**　花火大会が開かれているのよ。今日は特別な日だから。

**フリッツ**　なんの日か思い出せない。

**エリーザベト**　思い出す必要なんてないわ。花火大会には出席するって返事したんだけれど、今日はあなたと過ごすほうがいいわ。夕方から夜まで窓辺でいっしょに過ごしましょう。夕焼けになるみたいね。

**フリッツ**　ぼくの病気もよくなったことだし、ぼくらもささやかなお祝いをしてもいいかもしれないな。あまり無理をしないようにすれば。雨が降ってきたのかな？　雷が怖いんだろう。花火が打ち上がるたびに拍手喝采が起こる、みんな口をぽかんと開けるんだ。赤緑黄紫。今日はなんの日か。ぼくが直った日だ。じめじめ寒い夏の日でもある。今年最初の緑の栗が地面に落ちて、往来し始めた車輪にはやくもひきつぶされている。

エリーザベト　私足が痛い。長く座ってられないの。私がお風呂のお湯を二階へ運び上げなければならなかったころのことだけど、私はあなたの残り湯で体を洗ったものよ。母さんはそれを止めさせようと、私に清潔にしろと迫った。それなのに、私が新しいお湯を欲しがると、母さんはあえいでばかりいた。井戸からわずかしか水が出なかったからよ。母さんたら何とかして私の髪を切ろうとやっきだった。キリストは微笑んでいて、その白い服は炎の色に染まっている。耐火レンガのすべての穴から炎が吹き出る。髪はちりちり焼けて灰になり、傷だらけの汚れた足に曼荼羅が花開く。湯を用意しろ、洗面器と麻布と石鹸タオルを持て、かがめ、王が煮沸ずみの石鹸タオルをお受けとりになる。あなたは追放されていない。追放されたのは妹の私よ。私が、新しい人間を育成する試みと、あなたには決して成しえない独立国家建設の試みが失敗に終わった後、夫に背を向け、夫を置き去りにして実家に戻ったとき、母さんはほくそえんだ。今ではましな考えができるようになったけれど、でもあのとき、あのとき私たちふたりは罪を犯したのよ。

フリッツ　長い道だ。

エリーザベト　花火よ。

**フリッツ**　おまえはぼくのことを心配する必要はない。ぼくの調子はいい。キリストは微笑んでいる。輝きに満ちている。炎の色。ぼくをベッドへ連れて行ってくれ。窓辺には行きたくない。だれかが窓の下で立ち止まり、挨拶するかもしれない。ぼくは家のなかでは帽子をかぶっていられない。おまえにはそのほうが都合がいいんだろうけど。

**エリーザベト**　挨拶はうけなきゃいけないけど、あなたは手を挙げるだけでいいの。弟子たちが眠っているうちに昇天するキリストのように。キリストの一方の手は旗を持ち、もう片方の手は胸の傷を指し示す。雲が二つにわかれた。まだ雷が続いているわ。菩提樹ブナポプラ。樫の木避けろ。天国と地獄。ヒュッペマールと言ってケンケン跳びをするんだけど、母さんは私や年長の小間使いにその遊びを禁じたわ。クリスマスや長期休暇であなたが寄宿学校から家に戻ってきたときのことよ。あなたは本や作文に熱中してて私のことなんか見向きもしなかった。私はあなたの部屋にそうっと入っていって、あなたの邪魔にならないようにしてたわ。あなたはほんの一瞬、目を上げるんだけど、すぐにまた俯いて、読書をつづけた。私はドアのところに立ち止まったまま、ドアの枠に体をすりつけたり、押しつけたりして、あなたへの畏敬の念からひざまずきたくなるのを我慢してた。堅信礼でオブラートを授けられたとき、ひざまずき、舌を突き出し、オブラートのせいで窒息するんじゃないか思ったときみたいに。あのときはすぐ飲んでしまおうとあせったのに、オブラートがまだ舌の上にあることに気づいた私は、口を手で隠して、なんとか飲み込もうと四苦八苦していた。すると父さんが、あれは本当に父さんだったのかしら、私のお下げをつかんで私を聖具室へ引きずり込んだのよ。格子窓のついたじめじめした小部屋には、父さんの上着が掛けられ、しわだらけのズボンと葬儀用の靴が置いてあった。その靴を父さんは棺のなかでも履いていたわ。棺のなかでも。すべてがぼんやりしてる。あなたは覚えているのよね。あなたにはちゃんとした頭があるもの。私は頭がからっぽ、頭がからっぽなのよ。

## フリッツ

稲妻が斧のごとく振り下ろされ、上から下まで真っ二つに切り裂くと、畑と毒だらけの野はあえぎ、緑は痙攣して褐色にそして黄色に変わり、穀物の束は破裂し、炎が畦を喰らいつくし吹き上がり、スモモの木がパチパチ爆ぜ、その幹はメリメリいいながら若枝を焦がし、嵐が燃え上がる穀物の束は死んだ豚が浮かぶ水中に突入し、水辺では家畜たちが逃げまどいながらぶつかり合っていた。今では岸辺の藪からも炎が上がった。ぼくはそんななかをかいくぐって家に戻り、ベッドに静かに横になった。すると家の屋根がめくりとられ、母さんは近づく雹の被害から免れるために祈っていた。

濡れた麦わらがつぎの雷雨前線の方向にめらめら燃え上がると、雷雨前線は押し戻されながら放電し、再度水辺を避けようとし、雹と稲妻をごっちゃに浴びせかけてきた。屋根も柱も無傷なものはなく、水車用の水路が辺り一面に氾濫した。死んだ牛や砂袋を乗り越えながら子供たちが学校へ向かって行進した。火格子に挨拶をしろ。鋳物工場。かまど。王侯たちが身をかがめる。助かった子供たちの隊列が通る。褐色の水がピチャピチャはね、靴や靴下が濡れ、多数は裸足のまま、ふやけた死体を踏みつけると、足はぴくぴく痙攣する。重いランドセルがのしかかる、海綿、空っぽのインクビン。みなの指が青い。風のなかの髪はブロンド、しかしまだ黒髪もまじる。ある王侯がぼくに目配せし、真っ白な指でぼくをいざない、上着の裾を持ち上げ、ぼくを保護しようとする。行列がぼくの前を行進する。ランドセル、継ぎはぎのセーター、お下げ髪、櫛で撫でつけた髪、掃除済みの耳、まだ泥だらけの膝の裏。ぼくが振り向くと、明るい縞模様が、つぎに暖かそうな柔らかいダークコートが見える。目を閉じる。下へ降りる。川を越える。彼らは先を急ぐ。むき出しの足裏で、ふやけた死体の肌を感じよ。あばら骨。ベロンと垂れた舌。クラスの子供たちが跳びはね、その姿がまだ背後に見えるのに、褐色の水が増え始め、霧がただよってくる。雨、雹そして風が、堅牢な鐘を封じ込める。

# 三　部屋のなかで。妹

**エリーザベト**　娘、と父は私に言い、そして私のお下げ髪を引っ張った。娘、と母も私に言った。娘、父さんはいつもおまえに、娘、と呼びかけていたわね。そう言いながら母は私の髪を下から引っ張った。娘、これからはおまえが私の役を引き受けるのよ、娘。母は私を間近に引き寄せて言った、約束しておくれ、私の息子の面倒を見ると。父さんはおまえをかわいがるとき、娘、と呼びかけていた。覚えているかい。フリッツのことは十分気をつけてやっておくれ。よくがんばった、父さんはそう言って、私の頭をなでた。父さんの手がしばらく止まったとき、不快感がわき起こってきて、されるがままになっていることに反抗したくなった。そんなのは行儀の悪い子のすることだ、うちの子はそんなまねをしちゃいけない。私は父さんの指に嚙みつこうとしたけど、父さんはうなずくだけで、また私の頭をなで、微笑みつづけた。そこに母さんがやってきて、父さんを階段から突き落とした。娘、父さんが、娘、と母さんは叫んだ。そこで私が二階から駆け下りると、母が下でひざまずいているのが見えた。私は笑ってしまったが、母はそれを根に持った。娘、と母は叫んだ、助けてくれてもいいじゃないか。そこで私は近所の人たちを呼びに行き、父を助け起こしてもらえるようにした。みなが家に足を踏み入れたときも、母さんはまだひざまずいていて、顔を真っ赤にしながら口元を拭き、娘、と泣き言をならべた。そこに小間使いがフリッツの手を引いて散歩から戻ってきた。息子、そう言って母さんはフリッツを腕で強くかき抱いたので、フリッツは息ができなくなりそうになった。息子、息子。私は母さんをベッドへ連れて行き、服を脱ぐのを手伝った。母さんは私以外のだれも側に寄せつけず、だれの手助けも受け入れなかった。私と二人きりになり、時を見計らい、私の不意をついて聞きだそうと思っていたのよ、なぜあのとき笑ったんだって。私にはまた笑いだすことしか思いつかず、ついには母さんのベッドに身を投げて、布団に身を隠そうとしたんだけれど、笑いは収まらず、母さんはめそめそしながら身を丸めた。それから母さんはひたすら口を閉ざし、私が母さんを独りきりにするのを待っていた。独りきりに。部屋を出て行くときのことを今でもはっきり覚えてる。娘、と母さんはもう一度言ったのよ。

母さんが死ぬまで、私は、彼女をベッドへ連れて行き、体を洗い、食事をあたえなくてはならなかった。食事は、母さんが天使と呼ぶ、いとしい病弱な息子には不十分な量だったけれど、母さんにとりついた死神を養うには十分だった。その死神は、顔を痛みで引きつらせながら、私に自分の役割と義務を引き継げと迫った。死に行く母さんには、私がその役割をとっくに引き継いでいて、自分はなにもわからない不機嫌な看守の役しか果たしていないことが、もう思い出せないみたいだった。死に損ないだということを、母さんは私の前で認めたこともあった、私は本当に死に損ないさ。私が母さんを慰めたり、母さんの手紙の文章に難癖をつけたり、やりがいのある仕事をなにか見つけてあげると、母さんはそのたびに感謝して、おかげでまだ自分の経験を活かせるよと言った。やがてお偉方が次々と家にやってくることを母さんは予感していたけど、でもその日まで生きながらえることはなかった。フリッツが、と母さんはそれが唯一最大の関心だったから、毎朝そう言いながらベッドから起き上がったのだけれど、フリッツがいつか分別を取り戻してくれたらねえ、と老いた頭で考えていた。あの子が正気になって、自分の仕事が理解され、自分の苦悩が立派に本になったことがわかったらねえと言っていた。母さんは入れ歯を外すとテーブルに座って、水の入った専用のグラスのなかでそれを洗った。いまでも母さんがティー・スプーンで濁った水をかき回し、小さな肉のかすを吟味しながら、なにか言い始めようとする姿が浮かんでくる。私は父さんの厳しいしつけを引き合いに出して、テーブルでそんなまねをするのを禁止した。すると母さんは、私たちの幼いころの状況を再現して、かつて自分が作っていたまずい食事を作るよう私に命じるのだった。母さんは、今の食事はあれもこれも胃が受けつけないと言い、私の料理では台無しになる自分流儀の食餌療法にこだわった。二人で食事をしているあいだじゅう、母さんは薄いスープをスプーンですくいながら、延々と私に難癖をつけるので、私はもう一歩も譲るものかと強硬にならざるをえなかった。私は母さんの役割をすべて自分のものにしようと思ったら、ひどい無分別と悪意ゆえに、死に行く母さんとはいえ、もう少しで手を上げるところだった。私が拭き掃除をしようとバケツで水を運んでいると、母さんはばかげたパッセージを繰り返しピアノで弾き、どうして演奏までやめなきゃいけないのと不平をこぼしながら、曲がった指を動かそうとするんだけれど、指は曲がってこわばったままだった。毎週月曜日、私と母さんは家計簿の計算を行ったが、家計簿と言っても規模は段々小さくなり、支出も微々たるものでしかなかった。家の改装のことであれほどしょっちゅうがみがみ言われずにすんでいたらよかった。おまえは建物のことなんかなにひとつわかってない。こんな小部屋がどうして要るの？　なんでまた壁を塗り直したの？　口を出さないでよ。出しますとも。母さんは勘定を止め、鉛筆をしまい込んだのに、またちびた鉛筆をなめて、計算を始める。おまえ、建築を依頼してるんだろう、と尋ねた。そんなの認めないからね。母さんはふたたび口を開いた。私は指をソファーの背もたれに喰い込ませた。なにをそんなに興奮してるの。聞いただけじゃないの、聞いただけよ。フリッツがもう起きてくる時間だわ。この言葉とともに母さんと私は台所へ駆け込み、小間使いを突き飛ばした。彼女は青痣ができたと文句を言っていた。私と母さんはいっしょに戦車を操る復讐の女神よろしく食卓の準備をした。テーブルに着いたフリッツは、意識が確かなのかどうかわからなかったけれど、ともかくも私たちの献身的な世話を受け入れた。早くから私の夫が見通していた比類のない不機嫌な態度で。フリッツは、母さんと私ゆえに苦しんできたのだから、フリッツが一つ齢を重ねるたびに私たちが謝罪して当然という顔をしていた。フリッツは教授であることに耐えられなかった。教授になって初めて家に帰ってきたときは身を竦ませていた。教授として人前で目立ちたくなかったのだろう。母さんの方は、大枚はたいて新しいドレスを新調しようとして、自分の生涯で息子の出世ほど望んだものはなかったのだと泣き声を上げ、私にしがみついた。私が母さんを振りはらうことができずにいると、やがて、おまえはどうしようもない出来損ないの娘だ、と母さんはだんだんと激してきて、いきなり私と母さんの二人にとっていわく付きの台詞を吐いた。かつて母さんは同じ言葉で私をどなり、私が家を出たのだった。母さんも覚えていて、私より先に気づいたようだった。まざまざと覚えていたのだ。どうか、兄さんの面倒をよくみておあげよ、私にそう約束しておくれ。そう言って母さんは私を実家から追い出した。母さんに言わせると、兄には絶対に小間使いが必要なのに、その高邁な人格と名声に見合わない薄給ゆえに、小間使いが雇えなかったからだ。そこで私は兄の後を追ったのだった。

母さんの支配する実家を出るのは幸せなことだった。牧師の不幸な寡婦が作る肉ぬきの質素で健康な食事、醱酵したコンポートやポテト・ケーキやニンジンのスフレときたら。おまえの兄さんを見張るんだよ。あの子の振る舞いは問題ありなんだから。母さんは見るからに絶望しきったというふうに、大声でそう言った。なにをまた聞かされなきゃならないんだね。みんなのひそひそ話を。母さんはことあるごとに手紙で、あれこれと、特に私についてなんだかんだ言ってきた。私はもう大人よ。おまえ、と母さんは嵩にかかって言ってきた、いったいいつからそんな口をきけるようになったんだ。私が自分から家を出て、母さんに兄を任せきりにするときまで、言い争いはつづいた。おまえが男の子だったらねえ、男だったら、でもおまえはそうじゃない、残念だよ。母さんは、私の結婚が破綻したとき、私を自分の元に呼びつけた。どの新聞もおまえたちはもうおしまいだって書きたてているじゃないか、と母さんは言い、自分はもう通りに出る勇気がない、医者にも厳しく止められていると言った。母親を可哀想だと思ってくれてもいいだろう。おまえたちに、子供たちに、破滅に追いやられたくはない。思い出されるのは、あのいくつもの空っぽの部屋。掃除の行き届いた思い出の部屋。きしむドアが迎えてくれる。小さな鐘から垂れた銀の鎖。私の貼り合わせレンズのメガネ。あの子のワイシャツにアイロンをかけなさい、母さんはことあるごとにそう書いてよこした、おまえたちの兄と妹としてのふるまいがまた噂の種になってるよ。母さん、フリッツが私のベッドに入ってくるのは事実よ。そんな話聞きたくないいね。そんなみだらなことを他人にきかせてごらん。さぞ喜ぶことだろうよ。

私をそうやっておどかすんだね。なんてことをしでかすんだい。母さん、真実を知ってほしいのよ。まだなにかあることくらいわかる経験は積んできたんだよ。母さんはそう言って離れていったが、あのとき私はすべてが耐えがたくなって、ひとりで母さんのところへ帰って行ったのだ。こんな状況じゃおまえの再婚は問題にならないね、母さんはひきつづき私にそう言い聞かせた。当然でしょ。でもいつなのさ、ただ聞くだけだよ、別に約束までしてもらう必要はないんだけどね。結婚するまで、私はひとつの肥だめからつぎの肥だめへ移ることをなんとも思っていなかった。夫が思い描いていたとおりに、新ゲルマニアの地で新興ドイツを育もうと考えていた。夫は死んだ。母さんはベッドに逃れ、医者に頼り切ることで、事態を乗り切った。結婚が破綻したら実家で暮らしていいのよ、と母さんが親切に伝えてきたことがあった。伝えてきたというのは、母さんは自分で手紙を書く勇気がないので、いつも仲介者を使ったからだけれど、その仲介者というのが母さんにも私にもまともな答えを持って行けないような人ばかりだった。その人たちの前で母さんは私に恥をかかせ、口ごもったり、赤面したり、私の手にひっかき傷をつくったりしたのだった。その直後にドアを閉めると私の前にひざまずき、泣きわめくこともなく、恥ずかしそうに、自分の声が人に聞かれてしまうと言っていた。母さんは、つねに私に自制を求め、私を自分のところまで引きずり下ろそうとしつづけた。娘、娘、と父さんは言った。娘、娘、と母さんも言った、娘、死に際に母さんはそう言って私にしがみついてきた。指はこわばり引きつっていたけれど、母さんが私の喉に喰らいつこうとするのを、私はようやくの思いで防いだのよ。昔私が軽率なことをして叱責を受けなければならないときも、母さんは私の喉元に喰らいつこうとしたわ。

食卓へと歩み寄るのは、あなたの死後の新世紀。これぞ梅毒の生んだ奇跡。★17 あなたは私を床に押し倒して、妹、妹、と言ってあえぎ、私に喰らいつき、ぬきもさしもならず、妹と言った。私はあなたの顔に垂れかかる髪を搔き上げ、あなたを突き放したくないので抱きかかえ、仰向けになりながら、あなたを勝者に仕立て上げようと考えていた。あなたはやがて私が立ち上がるのを助けようとしたけど、それだけのこともやり遂げられなかった。私が、洋服ブラシをあなたにもってくるまでのあいだに、母さんは姿を消していた。私たちのあんな光景を胸に納めることができなかったのね。そしてあなたが健康を回復したとき、母さんはもうこの世にいなかった。みなさん、こちらへどうぞ。礼服の客たちは丁寧にお辞儀をした。

あなたの傍らには立っていられる場所がない。蟻の門渡のような狭い尾根。私は生首だらけの並木道に墜落する。顔の埃をぬぐう。手の皮がむけている。血をなめる。上着の埃をはたく。めまいがする。暑さが耐えがたい。私は目を閉じる。菩提樹の並木は灰色の埃に覆われている。私は集中する。フリッツ、あなたの首を見つけ出さなければならないからよ。するとドンドンいう音が鳴り始め、私は身をすくめて押し寄せてくるものから身をかわす。パレードだ。灰色の通りから火花が飛び散り、サーベルが飛ぶ。ティンパニーや花輪や使節団が密集した隊列をなして、巨大な生首たちの前を通り過ぎる。生首はやがて引き倒され、切り刻まれ、札を貼られ、半ば布で覆われて、搬送を待つ。こうして最初の生首たちは視界から消え、つぎの生首の到着が待たれる。がらんとした場所に鳴り物が響きわたり、驚いた鳥たちがしばらく鳴き騒ぐ。やがてその新たな生首が地面に固定され、つぎの浄め儀式が始まる。王侯たちがまた姿を現して、ロープを切断する。ナイフが一閃すると、待たれていた生首が顔を覗かせる。並木道には人びとの足下から立ちのぼる土埃が渦巻き、町の上空へ立ちこめ、木々の葉や、窓敷居や、十字型の窓枠にこびりつく。あなたの傍らには立っていられる隙間もない。私の手と足裏は汗まみれになってる。私が立像の台座の上から並木道を眺めおろすと、褐色の汚泥のなかへ夕陽が沈んでいく。あなたのまだ温かい肌は壊死を遂げつつあるけれど、夜に備えて力を貯めこんでいる。勝利者の並木道にいたるまでそれこそ立錐の余地もない人出。あなたは土が踏み固められる音に耳を傾けている。全民衆から高く持ち上げられたあなた、あなたは無駄に生きたのではなかった。

終

## 訳注

★1—「息子」という役名は第一部にのみ記され、第二・三部では「フリッツ」と称される。翻訳は原文に従い、第一部と第二・三部で異なる役名を表記する。

★2—ニーチェの妹エリーザベトは反ユダヤ主義者ベルンハルト・フェルスターと結婚後、パラグアイに移住し、夫の死後実家に戻ってきた。

★3—ニーチェの父親はプロテスタントの牧師だった。

★4—ニーチェは妹エリーザベトに、南米の動物ラーマにちなんだ愛称で呼びかけていた。

★5—フリッツは、食卓塩の容器のなかに湿気防止用に入れる米粒をつまみ出して、食べようとしているのだと思われる。

★6—病人などがベッドで用を足さざるをえないときに、シーツを汚さずにすむように敷くシート。ここではフリッツが靴を履いたままベッドに横たわるので、シートが必要とされている。

★7—注4を参照。

★8—エマヌエル・ガイベル作詞、作曲者不詳のドイツ民謡。本文の歌詞の後に以下の節がつづく。「出かけたくなければ、家に留まり憂うがいい。でも私の心はかなたに、遥かかなたに駆られる、あの大空を流れる雲のように。……」。

★9—ドアのすぐ背後に座ることをドイツ人は嫌がる傾向にあるので、母は娘に当てつけて席を選んでいる。

★10—親などが呪文のような文句を唱えつつ指を子供の腕や頬の上で走らせ、子供をくすぐるようにして喜ばせるしぐさ。「エルヒェン・シュメルヒェン」などはそのしぐさで唱えられる文句と思われる。
★11—注10を参照。
★12—エリーザベトと夫はパラグアイで新ゲルマニアと称する愛国的なドイツ人入植地を建設しようとした。
★13—注5を参照。また「法廷」のドイツ語 Gericht は法廷や裁判を意味するだけでなく、料理というまったく異なる意味も有し、ここでは両義的に使われている。
★14—パウル・ゲルハルトが一六五三年に作詞したクリスマス待降節用の賛美歌。後にバッハが作曲し、「クリスマス・オラトリオ」に収めた。
★15—ドイツで古くから語り継がれる落雷よけの呪文。
★16—注15を参照。
★17—ニーチェが精神に異常を来した原因については、さまざまな説や憶説が唱えられたが、そのなかでもっとも有名なのが梅毒説である。ただし正確な診断書が残っていない以上その説にも決め手が欠けている。

訳者解題

# アイナー・シューレフ——ニーチェに憑かれた鬼才

平田栄一朗

# 百年後のニーチェ

ニーチェ没後百年にあたる二〇〇〇年、アイナー・シュレーフは『ニーチェ　三部作』を演劇誌『テアーター・ホイテ』に発表した。第一部「ありきたりな晩」は一九八五年に放送劇として公表されたが、活字化され正式な発表にいたったのは第二・三部が加筆された二〇〇〇年になってからのことだった。つまりシュレーフはニーチェが死んだ百年後に合わせて『ニーチェ　三部作』を完成させたのである。

奇遇にもシュレーフの生涯がニーチェの百年後を思わせるものであった。シュレーフはニーチェの誕生からちょうど百年後の一九四四年に旧東ドイツのザンガーハウゼンに生まれた。ニーチェがボン大学で研究者の道を進み始めた百年後の一九六四年に、シュレーフは旧東ベルリンの芸術大学に入学し、絵画と舞台美術を学び始めている。『悲劇の誕生』が出版され、ニーチェの名がはじめて斯界に知られるようになった百年後の一九七二年、シュレーフはベルリナー・アンサンブルで初の演出作品を手がけた。ニーチェが体調不良によりバーゼル大学での休職を余儀なくされ、アカデミズムのキャリアを閉ざされてから百年後の一九七六年、シュレーフは東ドイツから国外追放の処分を受けた。またニーチェが発狂した一八八九年の百年後は、シュレーフが追放処分にもかかわらず精神的に依拠しつづけた東ドイツが崩壊した年である。

そしてニーチェの命日（一九〇〇年八月二五日）から百年目である二〇〇一年七月二一日、シュレーフはベルリンの病院で息を引きとった。死の一ヶ月前にシュレーフはウィーンのアカデミー劇場で『ニーチェ　三部作』を演出し、みずからニーチェ（役名は「息子」もしくは「フリッツ」）を演じることになっていたのだが、すでに病いに臥していた彼にもはや制作と演技をするだけの体力は残されていなかった。結果としてシュレーフはニーチェ役を実人生の終幕によってまっとうすることになった。百年後のニーチェという因縁はシュレーフに最期までつきまとったのである。

## 演出家シュレーフ

日本でほとんど紹介されることなく鬼籍に入ったシュレーフは、ドイツ演劇界では数少ない異端の大物演出家として一部の批評家とインテリ層から絶大な人気と評価を博していた。つまり演劇人シュレーフはなによりもまずその演出方法において評価されていたのである。それは、シュレーフの演出作品が一九八八年から十年間に、評価の試金石となるベルリン演劇祭（毎年優秀十作品だけが招待・上演される）に四度も選ばれた経緯から想像できるであろう（『夜明け前』〈ハウプトマン作、一九八八年〉、『ワイマールの西ドイツ人』〈ホーホフート作、一九九三年〉、『サロメ』〈ワイルド作、一九九七年〉、『スポーツ断片劇』〈イェリネク作、一九九八年〉）。

演出家シュレーフの手法は、作品や作者に忠実な舞台化よりも、作品を大胆に改変することでアクチュアルなテーマを導き出す「演出演劇」の系譜に属する。この演出方法は一九六〇年代後半にペーター・ツァデクやクラウス・ミヒャエル・グリューバーらによって先鞭をつけられ、一時期西ドイツの演劇界を席巻した。演出演劇の傾向は一九八〇年代になると沈静化し、伝統的な演出方法が復古していたが、シュレーフはこの保守化のなかで孤立無援のハンディを背負いつつ、演出演劇の系譜を継承しようとした。

シュレーフの演出を一度でも経験した者なら、これは他の追随を許さないと実感するであろう。上演のあらゆる要素が苛烈で越境的で妥協を許さないものなのだ。上演はたいてい五時間近くかかり、なかには七時間を要する場合もある。台詞は咽喉が壊れんばかりの声量で発せられ、しかもその罵声は五十名にもおよぶコロスによってさらに増強される。古代ゲルマンの祭儀「ティング」（とそれを復活させたナチス）を彷彿させる集団の儀式性。俳優たちがいっせいに三十分以上も激しい身振りの運動をひたすら繰り返し、憔悴して地面に倒れても、ふたたび十分近く同じ身振りを繰り返すほどの執拗さ。見かねた観客が退場するのは日常茶飯事である。それどころか、出演俳優やその家族が危険な演出を理由に上演反対運動を起こしたり、稽古を見た劇作家（ホーホフート）が「これは私の作品ではない」と激昂し、シュレーフと大喧嘩になったこともあった。（この大喧嘩には後日談がある。シュレーフの演出に納得しなかったホーホフートは数年後に同じ作品を自ら演出し、しかるべき模範例を示そうとした。しかし皮肉なことに作者の演出は批評家たちに酷評され、シュレーフの演出の方がずっと面白かったという指摘を受けた。）

このように非常に個性的なシュレーフの演出方法にもニーチェの影響が多分にみられる。周知のようにニーチェは『悲劇の誕生』で近代の西洋演劇が忘れ去った古代悲劇の演劇様式、たとえばコロスのディオニュソス的な陶酔や身体的なダイナミズムを再評価した。シュレーフ演劇に特徴的なコロスや古代悲劇の要素は、このニーチェの演劇観に触発されたものである。とりわけニーチェの影響がもっとも顕著に現れるのは、コロスや群集のような集団性の表現においてである。個人を脅かすような集団の力や恐ろしさを前面に出す演出には、ニーチェとシュレーフ両者に共通する個人主義の過信への懐疑が見受けられる。もちろん両者は個人主義の反対論者ではない。しかしそう受け取られかねないほど脅威的な集団の力が、ニーチェでは理論化され、シュレーフでは舞台前面に押し出されているのは確かである。

## 作家シュレーフ

「演出演劇」の継承者のイメージからすると矛盾に聞こえるかもしれないが、シュレーフは戯曲や文学の意義を否定して演出を行ったのではない。むしろシュレーフは小説や戯曲の執筆活動も行うことで演劇の可能性をより多様に広げていったのである。一九八六年にシュレーフが西ドイツで最初の演出作品『母たち』を手がけ、スキャンダルに巻き込まれて一躍有名になったとき、彼は演出家としてではなく、いくつかの文学賞を受賞した作家として報道されたほどであった。

一九八〇年にシュレーフは、東ドイツに蟄居していた母親を思わせる長編小説『ゲルトルート』で本格的な作家デビューを果たした。その後『故郷』（一九八一年）や『徒党』（一九八二年）などの記録文学や短編集を出版した。戯曲執筆にも取り組み始めた。八三年には狂気に襲われた一八世紀の詩人を題材にした『ヴェーツェル』が出版され、その年の秋には東西ベルリンの再ナチス化を予見した『ベルリン――平和の海』がハイデルベルクの劇場でS・ヴィーガーシュタインの演出によって上演された。演出を本業とした一九八〇年代後半以後も執筆活動は途絶えることはなかった。八八年にゴーリキーの『どん底』に触発された『俳優たち』を出版すると同時にみずから演出し、九〇年代になると戯曲『死者たちのトランペットI―IV』（一九九五―二〇〇〇年）や『長い夜』（一九九八年）などを発表した。

シュレーフの小説や戯曲の特徴は、きわめて個人的な経験を伝記形式で描きつつも、その私的な狭隘さを歴史的なテーマへと普遍化する力技にある。その典型が、シュレーフの母親ゲルトルートと思しき女性が生い立ちを独白する長編小説『ゲルトルート』である。「私」はワイマール時代に短距離走のドイツ代表に選ばれる活躍をとげ、ナチス時代に建築家と結婚し、二人の息子を産んだが、長男は一九五七年に東ドイツを見捨て、次男も西ドイツへ行ったまま国外追放を受けた……という出来事を語る。これは「次男」シュレーフの母親の実人生にほかならないのだが、ナチスと東ドイツの強権政治に翻弄される「私」の生い立ちは二〇世紀の激動の時代を生き抜かねばならなかった多くのヨーロッパ人に共通するものでもあった。

同様に戯曲も自伝と歴史背景のコントラストで書かれた。『死者たちのトランペットI―IV』では東ドイツに取り残された初老の女性たちが『三人姉妹』（チェーホフ）の田舎での閉塞状況に喩えられた。『長い夜』は、シュレーフと兄を彷彿させる兄弟が西ドイツで再会してからの数年間の出来事を、ドイツ史を背景に描いている。

個人と社会および歴史との葛藤というテーマを追い続けたシュレーフは、同じ東ドイツ出身のハイナー・ミュラーと比肩できるだろう。ミュラーは一九七七年に自暴自棄で書いた『ハムレットマシーン』において、東ドイツおよびヨーロッパ史のなかで無力な自分をハムレットの道化に喩えて戯画したのだった。シュレーフとミュラーは、権力に何度も抵抗して挫折しながら、その葛藤と危機を豊かな創作活動に昇華させた点で共通している。ミュラーはシュレーフについて次のような賛辞を残している。「私は他人をうらやむことはほとんどないが、アイナー・シュレーフは私にそうさせる数少ない者たちの一人である。その才能ゆえに背負い込むさまざまな困難に対して自由闊達に立ち向かう彼の姿勢はすばらしい」。

## 『ニーチェ　三部作』

哲学者ニーチェと思しき人物とその家族を描いた『ニーチェ　三部作』は、シュレーフの作風を特徴づける自叙伝性と異なると思われるかもしれない。しかし冒頭で紹介した両者の因縁関係から想像されるように、シュレーフにとってニーチェは（シュレーフいわく）「私のなかの他者」、すなわちもう一人の自分であり、ニーチェを描くことは自分を描くことでもあった。また作品の「母」は、家族をつねに支配しようとしたシュレーフの母親ではないかという批評家の指摘もある。もちろん『ニーチェ　三部作』はニーチェ家とシュレーフ家を実録した純粋な伝記作品ではない。息子、母、娘（息子の妹）の設定にはニーチェ一家の実情に合わない場合も多いし、シュレーフに妹はいない。シュレーフは、ニーチェと自分の家族という伝記的なモチーフに創作要素を加えて、虚実ないまぜの戯曲に仕立て上げたのである。

雲をつかむように捉えがたいこの三部作において通奏低音のように響くテーマは、ドイツの批評でも指摘されているように、哲学者ニーチェの気宇壮大な超人思想がいとも容易に家族や日常生活のきわめて俗的で瑣末な陳腐さに埋没してしまうという矛盾である。母と娘は、思想家としての名声がにわかに高まった病身の哲学者を看護しながらも、彼の愛情、著作権や名誉をめぐって醜い泥仕合に終始する。そのなかで息子がときおりモノローグ調で披瀝する内容は誇大妄想にすぎず、永劫回帰、価値の転換や道徳批判といったニーチェ独自の思想からはほど遠い。また「新しい人間」というニーチェ的なモチーフが娘（妹）の口から発せられるが、それはニーチェの妹エリザベートと夫がボリビアに設立した愛国的な「新ゲルマニア」のイデオロギーのコンテクストで語られるにすぎない。「新しい人間」という思想は現実世界では誤謬の結果にしか結びつかないのである。シュレーフがこのテーマをナチスのイデオロギーの問題にまでかこつけているのは、第三部の表題から察することができる。人種主義に基づく人間像を規範化したナチスは、「エッタースベルク」にブーヘンヴァルト収容所を設立し、多くのユダヤ人や政治犯を殺害したのだった。

ただしシュレーフはニーチェ思想を一方的に批判や断罪しているわけではない。この戯曲では、ニーチェ思想が現実において反転した誇大妄想が描かれており、思想そのものが引き合いに出されて非難されているわけではない。ニーチェ思想は、この作品の発表と同時期に行われた演出作品『裏切られた民衆』（二〇〇〇年）において、シュレーフにとって共感できるものとして肯定的に扱われていた。シュレーフはこの舞台にニーチェという人物名でみずから登場し、『この人を見よ』の朗読を行い、ニーチェ思想が百年後の現在の状況にも有効であることを観客に力強く訴えかけたのだった。この上演と『ニーチェ　三部作』の両方を照らし合わせれば、シュレーフが単なるニーチェ批判を行ったのではなく、むしろニーチェ思想と現実のあいだにみられるジレンマを示そうとしていたことがより明確に理解できると思われる。

冒頭で述べたように『ニーチェ　三部作』は、シュレーフ自身の演出と主演によって二〇〇一年に上演されるはずだったが、本人の死により制作中止になった。しかし翌年にはベルリン・フォルクスビューネで初演を迎えている。演出担当のトーマス・ビショフは、息子と母役をそれぞれ二人の俳優に演じさせることでドッペルゲンガーとしての哲学者とその一家を描出した。この踏み込んだ演出が一例を示しているように、『ニーチェ　三部作』は解釈によって、さまざまな視点が浮かびあがる多義的なテクストであるといえるだろう。二〇〇六年初頭のいま、上演はまだフォルクスビューネの制作だけに留まっている。テクストは、さらなる舞台化によって、新しい地平を切り拓かれることを待ち望んでいる。

翻訳の出版にあたり、池田信雄さん、初見基さん、メヒティルト・ドッペル＝高山さんに原文と拙訳双方を懇切丁寧に読み比べ、数え切れないほどの適切な指摘を頂きました。ここに記して謝意を表します。

**著者**

**アイナー・シュレーフ（Einar Schleef）**

1944年ザンガーハウゼン生まれ。妥協を知らぬ劇作家ならびに演出家として、70年代から過激なアヴァンギャルド演劇を孤高に追求しつづけた。その試みは90年代になってようやく評価され始め、『死者たちのトランペット』、『スポーツ断片劇』（イェリネク）『サロメ』（ワイルド）などの戯曲や演出作品で数々の文学賞と演劇賞を受けた。本作『ニーチェ　三部作』を自ら演出し、ニーチェ役を演じようとした矢先の2001年にベルリンで頓死。その数奇な人生はしばしばニーチェのそれと比較される。

**訳者**

**平田栄一朗（ひらた・えいいちろう）**

一九六九年東京生まれ。慶應義塾大学助教授。ドイツ演劇研究のかたわら演劇評論・実践に携る。主な著訳書：『文学のこどもたち』（共著、慶應大学出版会）、『ポストドラマ演劇』（共訳、同学社）。

ドイツ現代戯曲選30　第十一巻　ニーチェ　三部作
二〇〇六年四月一日　初版第一刷印刷　二〇〇六年四月一〇日　初版第一刷発行
著者アイナー・シュレーフ◉訳者平田栄一朗◉発行者森下紀夫◉発行所論創社　東京都千代田区神田神保町二―二三　北井ビル　〒一〇一―〇〇五一　電話〇三―三二六四―五二五四　ファックス〇三―三二六四―五二三二◉振替口座〇〇一六〇―一―一五五二六六◉ブック・デザイン宗利淳一◉用紙富士川洋紙店◉印刷・製本中央精版印刷◉ ◉ ISBN4-8460-0597-6

# ドイツ現代戯曲選 30

*1
火の顔/マリウス・フォン・マイエンブルク/新野守広訳/本体 1600 円

*2
ブレーメンの自由/ライナー・ヴェルナー・ファスビンダー/渋谷哲也訳/本体 1200 円

*3
ねずみ狩り/ペーター・トゥリーニ/寺尾 格訳/本体 1200 円

*4
エレクトロニック・シティ/ファルク・リヒター/内藤洋子訳/本体 1200 円

*5
私、フォイアーバッハ/タンクレート・ドルスト/高橋文子訳/本体 1400 円

*6
女たち。戦争。悦楽の劇/トーマス・ブラッシュ/四ツ谷亮子訳/本体 1200 円

*7
ノルウェイ.トゥデイ/イーゴル・バウアージーマ/萩原 健訳/本体 1600 円

*8
私たちは眠らない/カトリン・レグラ/植松なつみ訳/本体 1400 円

*9
汝、気にすることなかれ/エルフリーデ・イェリネク/谷川道子訳/本体 1600 円

*10
餌食としての都市/ルネ・ポレシュ/新野守広訳/本体 1200 円

*11
ニーチェ三部作/アイナー・シュレーフ/平田栄一朗訳/本体 1600 円

*12
愛するとき死ぬとき/フリッツ・カーター/浅井晶子訳/本体 1400 円

私たちが互いを何も知らなかったとき/ペーター・ハントケ/鈴木仁子訳

衝動/フランツ・クサーファー・クレッツ/三輪玲子訳

ジェフ・クーンズ/ライナルト・ゲッツ/初見 基訳

★印は既刊(本体価格は既刊本のみ)

Neue Bühne 30

文学盲者たち/マティアス・チョッケ/高橋文子訳

座長ブルスコン/トーマス・ベルンハルト/池田信雄訳

公園 /ボート・シュトラウス/寺尾 格訳

指令/ハイナー・ミュラー/谷川道子訳

長靴と靴下/ヘルベルト・アハテルンブッシュ/高橋文子訳

自由の国のイフィゲーニエ/フォルカー・ブラウン/中島裕昭訳

前と後/ローラント・シンメルプフェニヒ/大塚 直訳

バルコニーの情景/ヨーン・フォン・デュッフェル/平田栄一朗訳

終合唱/ボート・シュトラウス/初見 基訳

すばらしきアルトゥール・シュニッツラー氏の劇作による刺激的なる輪舞/
ヴェルナー・シュヴァープ/寺尾 格訳

ゴルトベルク変奏曲/ジョージ・タボーリ/新野守広訳

タトゥー/デーア・ローエル/三輪玲子訳

英雄広場/トーマス・ベルンハルト/池田信雄訳

レストハウス、あるいは女は皆そうしたもの/エルフリーデ・イェリネク/谷川道子訳

ゴミ、都市そして死/ライナー・ヴェルナー・ファスビンダー/渋谷哲也訳

論創社

Marius von Mayenburg Feuergesicht ¶ Rainer Werner Fassbinder Bremer Freiheit ¶ Peter Turrini Rozznjogd/Rattenjagd ¶ Falk Richter Electronic City ¶ Tankred Dorst Ich, Feuerbach ¶ Thomas Brasch Frauen. Krieg. Lustspiel ¶ Igor Bauersima norway.today ¶ Fritz Kater zeit zu lieben zeit zu sterben ¶ Elfriede Jelinek Macht nichts ¶ Peter Handke Die Stunde, da wir nichts voneinander wußten ¶ Einar Schleef Nietzsche Trilogie ¶ Kathrin Röggla wir schlafen nicht ¶ Rainald Goetz Jeff Koons ¶ Botho Strauß Der Park ¶ Thomas Bernhard Der Theatermacher ¶ Rene Pollesch Stadt als Beute ¶ Matthias

ドイツ現代戯曲選⑪
Neue Bühne

Zschokke Die Alphabeten ¶ Franz Xaver Kroetz Der Drang ¶ John von Düffel Balkonszenen ¶ Heiner Müller Der Auftrag ¶ Herbert Achternbusch Der Stiefel und sein Socken ¶ Volker Braun Iphigenie in Freiheit ¶ Roland Schimmelpfennig Vorher/Nachher ¶ Botho Strauß Schlußchor ¶ Werner Schwab Der reizende Reigen nach dem Reigen des reizenden Herrn Arthur Schnitzler ¶ George Tabori Die Goldberg-Variationen ¶ Dea Loher Tätowierung ¶ Thomas Bernhard Heldenplatz ¶ Elfriede Jelinek Raststätte oder Sie machens alle ¶ Rainer Werner Fassbinder Der Müll, die Stadt und der Tod